ゆるコワ！

～無敵のJKが心霊スポットに凸しまくる～

谷尾 銀

角川文庫
23509

目次

YURUKOWA!
Gin Tanio presents

登場人物
characters

桜井梨沙《さくらいりさ》

高校二年生。中学時代は柔道部エースだったが引退。
腕っぷしが強く、好奇心旺盛で明るい性格。

茅野循《かやのじゅん》

高校二年生。博識で、とくにオカルト分野に造詣が深い。
美しい容姿だが、弟曰く「悪魔」的頭脳の持ち主。

YURUKOWA!
Gin Tanio presents

プロローグ

雪は融《と》け、春は訪れたがまだ寒い。桜も蕾《つぼみ》のままだった。

エアコンの暖気に促され、桜井梨沙《さくらいりさ》は大きな欠伸《あくび》をした。パーカーにスキニーパンツというボーイッシュな格好で、友人宅のリビングのソファーに深々と腰を埋めている。

その視線の先はテレビのセンバツ中継に向けられており、ちょうど高校球児が外側へ流れ落ちる変化球に対して金属バットを鋭く振り抜いたところだった。

けたたましい金属音が鳴り響き、ボールが三遊間を駆け抜ける。

それと、ほぼ同時だった。

「私たちも部活で青春をしてみるっていうのはどうかしら？」

その声に反応した桜井は癖毛のポニーテールをわずかに揺らしながら、隣のソファーに座る彼女の方を見た。

幼い丸顔の自分とは対照的な大人びたうりざね顔。服装もガーリーな部屋着のワンピースと正反対だった。黒く真っすぐな長髪で、身長は頭一つ分くらい高い。

友人の茅野循《かやのじゅん》だった。

ここは彼女の家のリビングで、二人のたまり場でもあった。だいたい、休日はこの場所で、日がな一日、映画鑑賞やゲームをして過ごしていた。

ともあれ、桜井が茅野の唐突な提案に対して首を傾げていると、彼女は悪巧みをしているときの顔で話を続けた。

「……オカルト研究会なんて、どう？」

「循、そういうの詳しいもんね」

桜井の言葉に茅野は頷《うなず》く。

「私ならどうとでも活動内容をでっちあげる事ができるわ。適当に活動している振りをして、部費を使って、私たちのやりたい事を自由にやりましょう。何でもいいわ」

しかし、桜井は苦笑しながらこの提案に難色を示す。

「でもさ、そういう……何だっけ。こうひの……してきゆうりょう……？」

「公費の私的流用かしら？」

「そう、それ」

「難しい言葉を知っているのね。梨沙さん」

「それはどうも」

「で、それがどうしたのかしら？」

「うん。何か、そういうのって、悪い政治家みたいで嫌なんだけど」

その指摘を受けた茅野は何も言わず、テーブルの上で湯気を立ちのぼらせたカップを手に取り、澄まし顔で、たっぷりと甘くした珈琲《コーヒー》を啜《すす》った。そのまま、少しだけ思案顔を浮かべたのちに口を開く。

「焼き肉食べ放題」

「よし、やろう」

「即落ちとは恐れいるわ」

「焼き肉はオカルトだからね。白米が勝手に消える」

桜井が、きりっ、とした顔つきで宣《のたま》う。

「でも、部なんて、そんなに簡単に作れるの？」

「簡単ではないけれど可能ね。春休みが明けて学校が始まったら動きましょう」

「何だか、面白そう」

そう答えると、桜井は菓子入れの中のバタークッキーに手を伸ばし、もしゃもしゃと食べ始めた。そこで、茅野がテーブルの上に放り投げてあったゲームのコントローラーを握ってほくそ笑む。

「……で、どっちが部長になるかだけど、これで決めましょう」

「負けた方？　勝った方？」

「負けた方が部長」

「いいねえ。ゲームは何にする？」

「せっかくだから、野球ゲームにしましょう」

そう言って、茅野はテレビにリモコンを向ける。

……当初は桜井梨沙も、オカルト好きの茅野循ですら、まともに活動する気はなかった。心霊スポットにわざわざ足を踏み入れるつもりなど、さらさらなかったのである。

早春の何気ない昼下がりの出来事だった。

File 1

五十嵐脳病院

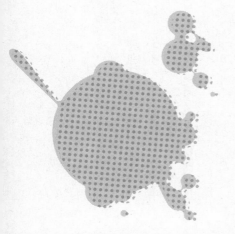

【00】 廃病院へ

スマホを落とした事に気がついたのは帰路に就いて、ずいぶんと経ってからだった。

少女は自転車を立ち漕《こ》ぎしながら、必死に坂道を登る。

左側には法面《のりめん》モルタルの擁壁、右側にはガードレールが連なっていた。

少女は、そのガードレールに沿って弧を描く白線をなぞるように、必死に自転車を漕ぎ続ける。

ガードレールの向こう側は針葉樹に覆われた下り斜面となっており、木立の隙間からは広々とした田園が望めた。

その景色を染めあげる夕暮れの赤が、宵の口の紫へと移り変わろうとしている。もうすぐ夜が来る。

日が落ちてから、あの廃病院へ戻りたくはなかった。

かといって、スマホを置いて帰る気には当然なれない。

どこに落としたのかは何となく心当たりがあり、覚えている。

早く……早く……暗くなるまでに戻らなければ——

◇　◇　◇

五月後半の昼下がりの事。

山深い森を割って延びる未舗装の路上で、沿道からはみ出した木陰の中に、一匹の芋虫が蠢《うご》めいている。

茶と緑の斑《まだら》で細長い角があった。茹《ゆ》でた海老《えび》のように丸まったり、まっすぐ伸びたりして、のたうっている。

「……ねえ」

芋虫を見おろしながら、鈴の音のような声を発したのは、藤見《ふじみ》女子高校オカルト研究会副部長の茅野循である。

「この芋虫、男性器を思い起こさせるわね」

「ウソ⁉　男子のアレって……角がはえているの⁉」

循の隣で頬を赤らめ、目を丸くするのは桜井梨沙。彼女はオカルト研究会の部長だった。

その桜井の疑問に、茅野は極めて真面目な顔で頷く。

「そうね。風呂《ふろ》あがりに見た弟のやつは角つきだったわ」

「マジで⁉　カオルくんのって、角はえてんの⁉」

「そうね」

あくまでも茅野は真面目な表情を崩さない。

桜井は「すごーい……」と言いながら、のたうつ芋虫をまじまじと見つめ続ける。

「ところで梨沙さん」

「何？」

「芋虫を見ながら、私の弟のアレを想像しないでほしいのだけれど」

「べっ……別にしてないけど」

桜井は目線を泳がせる。

「本当かしら……」

茅野がふっと笑って芋虫を平然とつまみ、沿道の木の枝に乗せた。

「何にしろ、男性器の話をしている場合ではないわ」

「循がし始めたんじゃん」

……などと、頭の悪そうな会話を繰り広げながら、二人は歩き出した。

彼女たちの行く先には、鬱蒼《うっそう》と生い茂る雑木林に埋没した古めかしい瓦屋根《かわらやね》があった。おびただしい苔《こけ》と蔦《つた》によって侵食されたその建物は、大正時代に建てられた廃病院であった。

ご多分に漏れず、近隣では名の知られた心霊スポットである。

オカルト研究会の活動を真面目に行う気のなかった二人が、なぜそんな場所へと足を踏み入れようとしているのか。
事の発端は数日前に遡《さかのぼ》る――

【01】 オカルト研究会

その日は朝から陰気な空模様だった。

午後になると天気は本格的に崩れ、大粒の生温《なまぬる》い雨が降り始める。

その雨水は中庭の紫陽花《あじさい》の葉を揺らし、雨どいからごうごうと飛沫《しぶき》をあげて排水溝へ雪崩れ込む。

やがて風は強まり、雨粒が横殴りになって校舎の窓硝子《ガラス》を一斉に叩《たた》き始めた。

「この時期の雨は嫌いじゃないのだけれど……ここまでの荒れ模様だと、ちょっと帰るのが億劫《おっくう》ね」

と、濡《ぬ》れた窓硝子を眺めながら憂鬱な溜《た》め息を吐いたのは茅野循であった。

その背後で桜井梨沙が得意気な顔をしながら胸を張る。

「あたしは雨合羽があるから平気だけどね。わんこのやつ」

「高校二年生にもなって、雨合羽……」

「何で？　便利だよ？　両手が空くし。敵が来てもだいじょうぶ」

桜井が虚空に向かって、ジャブとストレートをリズム良く繰り出す。茅野は振り返ると呆れ顔で突っ込んだ。

「貴女は何と戦っているのよ」

放課後、二人は部室棟二階端の倉庫となっていた部屋を掃除していた。

部活顧問の戸田《とだ》から、この部屋を綺麗《きれい》にしたらオカルト研究会の部室として使ってよいと言われたのだ。

因《ちな》みにオカルト研究会は、春休み明けからの桜井と茅野による周到な準備によって設立を果たし、五月頭から始動となった。

しかし、その実態は桜井と茅野の二人以外は全員が頭数合わせの幽霊部員という、存在自体がオカルトのような部活であった。

「テスト、終わったら、どこかへ遊びに行きたいね。ぱあっとさ」

「そうね。ただ、あまり贅沢《ぜいたく》はできないけれど」

首尾よく部を設立した二人だったが、期待していた部費は雀の涙ほどであった。とても自由に遊び回れるというほどの金額ではない。

新設されたばかりの何の実績もない文科系の部活など、そんなものである。

落胆はしたが、ここでめげない二人は、せめて自分たちにとって居心地のよい空間を手に入れようと、部室製作に着手したのだった。

そんな訳で、二人は壁際のスチールラックに納められていた段ボール箱を持って、部屋の外へと出る。

まずは、この棚の箱を部室棟の玄関へと運び出す事になっていた。後日、教師の立ち会いで仕分けをする手筈《てはず》であった。

二人は荷物を手に、まとわりつくような湿気に満たされた薄暗い廊下を進む。そして、先頭の茅野が廊下の右側にある階段の前へと差し掛かろうというときだった。

不意に、きゅっ、と運動靴の底が床に擦《こす》れる音が鳴り響いた。何者かが階段の方から飛び出してきたのだ。

緑のループタイ。制服姿の三年生だった。

「あっ……」

驚いた茅野は急停止して仰《の》け反り、大きくバランスを崩した。手に持った箱を落としてぶちまける。

「危ない！」

桜井は持っていた箱を空中に放り投げ、咄嗟《とっさ》に茅野を抱き止める。

「循、だいじょうぶ？」

「ありがとう。梨沙さん」

茅野は体勢を立て直しながら礼を述べ、辺りを見渡すが、すでに飛び出してきた何者かの姿は見当たらない。

「……酷《ひど》いね。謝りもせずに」

桜井が眉《まゆ》を吊《つ》りあげて言った。しかし、当の茅野は特に気にしていないようだった。

桜井梨沙と茅野循といえば、この学校ではちょっとした有名人であった。良くも、悪くも……。

「きっと、私たちに関わりたくなかったのね」

「自分で、それを言うんだ」

「そんな事より、これを片づけないと」

「そだね」

そこで桜井と茅野は辺りを見渡す。

廊下には、投げ出された段ボール箱から溢《あふ》れた物が散乱し、酷い有り様であった。二人は黙々と片付け始める。

そうして、しばらく経った頃だった。茅野が声をあげる。

「あら」

「何？」

桜井の問いに、茅野は自らの手に持ったものを掲げて見せる。

それは手作りの冊子だった。装丁がやたらと凝っており、何となく目線が吸い寄せられる。表紙は赤色で、こう記してあった。

『郷土史研究会報12』

見れば同じような色違いの冊子が何冊もあった。そのうちの一つを手に取り、桜井は首を傾げた。

「きょう……ど……し……って何？」

「特定の地方の歴史って事よ。つまり、そうした歴史を研究する部の会報ね。これは」

「ふうん」

と、桜井が茅野の答えを聞いて、ぼんやりとした調子の相づちを打った。しかし、すぐに眉間《みけん》へとしわを寄せる。

「でも、そんな部活って、あったっけ？」

「私も聞いた事がないわね……」

茅野は怪訝《けげん》な表情で、冊子の巻末の奥付をあらためる。

「二〇一四年十一月三日発行。五年前の文化の日ね。文化祭の配布物かしら？」

さらに茅野は先頭のページを開く。そして、そこに記してあった見出しを読みあげた。

「〝闇の歴史、五十嵐《いがらし》脳病院〟」

「闇の歴史とは、おだやかじゃないね。この五十嵐脳病院っていうのは？」

「この辺りの山奥にある大正時代の廃病院の事ね。それなりに有名な心霊スポットよ」

茅野が桜井の疑問に答えた。その直後の事だった。

「……ねえ」

ぽつりと桜井の口から言葉が溢《こぼ》れる。

「テストが終わったら、その病院に行ってみない？」

唐突な提案に、茅野は面食らった様子で目を瞬《しばたた》かせた。

「五十嵐脳病院に？」

「うん。探検してみたい。そういうのなら、お金も掛からないだろうしさ」

「でも、この病院があるのは黒谷《くろたに》の方よ？」

オカルト好きではあるが、典型的なインドア派の茅野が難色を示した。

黒谷地区は彼女たちが住んでいる藤見市の北方に位置する山深い土地だった。

「黒谷なら自転車で行けるでしょ？　ちょっと、遠いけど、十キロちょい？」

「十キロ……」

茅野はうんざりとした顔をする。

「そこまでは遠くないでしょ」

その桜井の言葉に、茅野は思案顔になりながら「うーん」と唸《うな》り声をあげる。

そして、やる気に満ちた桜井の瞳《ひとみ》を見て、諦《あきら》めたようだ。

茅野は大きな溜め息を吐いて微笑む。

「……まあ、たまには遠足というのも悪くないわね。私もあの病院には興味がない訳じゃないし」

ようやく乗り気になったようだ。その返答を耳にした桜井は満足げに頷《うなず》く。

「それじゃあ、テストの最終日に学校が終わったら行ってみようよ」

「そうね」

茅野は『郷土史研究会報12』をパタリと閉じると、段ボール箱の中にしまった。

【02】輩たち

それは中間テストの最終日だった。

五月病がますます悪化しそうな蒸し暑い曇天の正午過ぎ。学校の周辺に広がる田園地帯を抜け、桜井梨沙と茅野循は五十嵐脳病院を目指した。

病院が所在する黒谷地区と二人の自宅は、学校を挟んで反対方向にある。ゆえに、二人は下校せずに直接現地を目指す事にした。探索に必要な物は、登校時にあらかじめスクールバッグに入れてあり、反対に筆記用具や教科書などは、すべて学校に置いてきた。

ともあれ、暇をもて余した田舎の女子高生特有のバイタリティで、不快な湿気を置き去りにするかのように自転車で風を切る。

やがて、二人は田園地帯を抜け、山沿いを横切る国道に出る。その沿道にあったファミリーレストランに入り、少し遅めの昼食を取る事にした。

店内は冷房が効いており、にじんだ汗が即座に引いていった。二人は駐車場が見渡せる窓際の席に座りメニューを開く。

「うわーい。テストが終わったから、ハンバーグを食べよう。チョコミントパフェもごほうび」

桜井が無邪気に言い放つ。

「私は、この五月のフェアで一番売れてなさそうなアスパラ納豆カレーにしようかしら……」

茅野は呼び鈴を押して店員を呼ぶ。各々が注文を済ませた。

やがて料理が運ばれてきて、食欲をそそる匂いが二人の胃壁をくすぐる。さっそく食事に取り掛かり、その最中の話題は、終わったばかりの中間テストの事となった。

……あの問題はどう答えた、とか、あの教科の出来はどうだった……とか。

そんな話を続けるうちに茅野の表情が青ざめる。

「……梨沙さん。貴女、本当に大丈夫なのかしら？　今、話を聞いた限りでは完全にアウトのようだけれど」

「だ、だいじょうぶ……多分。まだ可能性はある」

目を逸《そ》らす桜井。

その様子をじっとりと睨《ね》めつける邪《よこしま》な視線がある事に、二人は気がついていなかった。

◇◇◇

「あれ、どこの制服？」

そう言って顎《あご》をしゃくるのは、黒のタンクトップに派手な柄物のシャツを着たオールバックの男だった。

名前を大沼祐輔《おおぬまゆうすけ》という。

彼の目線は喫煙席からほど近い、窓際の座席に向けられていた。

そこでは二人の女子高生が向かい合って座っている。

一人はスタイルのいい黒髪の美少女。もう一人は小柄で可愛らしい童顔だった。

茅野循と桜井梨沙である。

大沼はねっとりとした視線を向けながら、咥《くわ》えていたマルボロのフィルターを唇から離し、ふう……と白い煙を吐き出した。

その彼の疑問に答えたのは、メタルバンドのTシャツを着た酒樽《さかだる》のような男だった。

「あれ、藤見女子の制服じゃん」

名前を橋野源也《はしのげんや》という。大沼とは中学の時からの悪友である。

「そうですね。あれはフジジョの制服っす」

橋野の言葉に同意を示したのは、寒川翔《さむかわしょう》である。大沼と橋野の一つ歳下の後輩だ。

短い髪を金色に染めた彼は、ニヤニヤと嫌らしい笑みを浮かべながら、桜井と茅野の方へと視線を向ける。

「何度かあの学校の女の子と遊んだ事あるんですけど、あそこの生徒、ちょろいんですぐに落とせますよ」

大沼が煙を「ふう」と吐き出して、短くなった煙草をもみ消した。

「……んじゃ、寒川さあ」

「何すか。大沼さん」

「あの子たちナンパして来て。いつも通り、ヤリ部屋連れ込んで酔わせてからマワそうぜ」

「あ、リョーカイでーす」

寒川は席を立つ。

それは、まるで『ちょっと、コンビニにでも行ってくる』といったような気安さであった。

◇◇◇

いつの間にか、話題は中間テストの出来映えから、五十嵐脳病院についてへと移り変わっていった。

「……五十嵐脳病院は、当時の最新鋭の医療をうたって、心の病んだ人を格安の入院費用で受け入れていたといわれているわ」

そう言って、茅野は納豆とカレールーをスプーンで混ぜ始めた。

桜井は「ふうん……」と、気の抜けた相づちを返し、切り分けたハンバーグを白米と共に口の中にかき込んだ。そのまま、茅野の話に耳を傾ける。

「……昔はまともな精神医療を受ける事ができたのは一部のお金持ちだけ。中流階級より下は、神社や寺で祈禱《きとう》に頼るか、私宅監置が一般的だった」

「したく……かんち？」

桜井が首を捻《ひね》る。

「私宅監置は……そうね。座敷牢《ざしきろう》の事よ。昔は心の病んだ人を自宅にある土蔵や地下室に閉じ込めていたの。そういうのが法律で認められていたのよ」

「へえ……じゃあ、これから行くところは、いい病院だったの？」

「いいえ。入院させたらそのまんま」

「そのまんまって……？」

「治療どころか、ろくな食事も与えないで、病室に閉じ込めたきり」

桜井が眉《まゆ》をひそめた。

「……何で、そんな酷《ひど》い事を」

「入院費が目的ね。患者を受け入れるだけ受け入れて、お金だけ取って何もしない。そうする事で不当に利益を得ていたのよ。実は、こうした悪質な病院は、昔はけっこうあったらしくて……」

そこから、昔の精神医療が現在に比べていかに酷いものであったかを茅野が語り始めた。

話が進むにつれて彼女の声音は熱を帯び始める。

対する桜井は話を聞いてなさそうな、ぼんやりとした顔つきであった。しかし、実際には聞いていない訳ではなく、その相づちのタイミングは的確で、ときおり質問も挟んでいた。

そうして、時は過ぎて、食事と話題が一区切りついた頃合いだった。

「ねえ、君たちさぁ、フジジョでしょ？」

唐突に声がした。

桜井と茅野は、その声のした方へと視線を向ける。

いつのまにか、テーブルの脇に短い金髪の男が立っていた。目を弓なりに細め、軽薄そうな笑みを浮かべている。寒川だった。

「何の用ですか？」

茅野が冷たい声音で聞き返す。しかし寒川は彼女の言葉に答えようとはしなかった。

「俺、フジジョの女の子と、この前、合コンしたんだけど……」

恐らく彼の目的はナンパであろう。それを悟った茅野は大きな溜《た》め息を吐いた。

桜井の方はというと、無視してチョコミントパフェの残りを急いで食べ始める。

しかし、寒川は自分の存在が上滑りしている事を気にした様子もなく喋《しゃべ》り続けた。

「……知ってる？　レイコちゃんってコで一年生でテニス部なんだけど」

桜井と茅野は反応を示さない。絶対零度の気まずい沈黙。しかし、寒川はめげない。

「何かノリ悪いね、君たち。そうだ。今からカラオケ行かない？　もちろん、おごるから」

「嫌です」

一秒の間もなく茅野は返答する。そこで桜井が呑気《のんき》な声をあげた。

「あー、美味《おい》しかった。食べ終わったし、そろそろ行くんで、あたしたち」

茅野は、ふっ、と鼻を鳴らして笑う。

「そうね」

椅子から腰を浮かせ、伝票受けに手を伸ばした。その手首を寒川が摑《つか》む。茅野は嫌悪を顕《あらわ》にする。

「ちょっと……放してください」

雑談をかわしていた他の客たちが騒動に気がつき、静まり返る。茅野たちの方を注視し始めた。

しかし、寒川は目を弓なりに細めたまま引きさがろうとしない。

「そっちが無視するからいけないんでしょ」

そこで、桜井が剣呑な表情で寒川を睨《にら》みつける。

「ちょっとさあ……」

一触即発の空気が漂い始める。

すると、目ざとく事態を察知した中年男の店員が小走りでやってきた。

「あー、お客様、他のお客様のご迷惑になりますので……」

次の瞬間だった。にこやかだった寒川の表情が一変する。

「うるせえなあ！　でしゃばってくんなよ！」

突然の怒声に店内の空気が凍りつく。

数十秒……一分は超えたかもしれない。

その止まった時間を動かしたのは……。

「おい、やめろって。他のお客に迷惑だろ？」

奥の喫煙席から聞こえた声だった。

大沼が立ちあがり、煙草を咥えていた。

その傍らでは橋野が粘り気のある笑みを浮かべて桜井の事を睨《ね》めつけている。

寒川が喫煙席の方に向かって言った。

「でも、大沼さん……」

「もう、いいから」

大沼は煙を吐き出しながら苦笑する。

「でも……」

と、寒川が何かを言いかけたところで、大沼が真顔になった。

「聞こえなかったのか？」

すると、寒川に脅えの色が差した。その直後、彼は茅野の手首を離し、大きな舌打ちをする。すごすごと喫煙席へと戻って行った。

「出ましょう」

「うん……」

桜井と茅野は急いでレジへと向かった。

◇　◇　◇

店内を後にする二人を目で追いながら、大沼は訝《いぶか》しげな顔で言う。

「……にしても、こんな何もない山奥に、ＪＫが何の用なんだ？」

「さあな」と、橋野は肩を竦《すく》めた。

そして、寒川が嫌らしい笑みを浮かべながら言う。

「……あいつら、廃病院の話をしてましたよ。もしかして、これから行くんじゃないんですかね？」

「何であんな、何もない所に」

橋野の発した疑問に寒川が答える。

「肝試しにでも行くんじゃないっすか？　動画を撮るとか」

そこで、大沼が煙草を咥《くわ》えたまま、ニタリ、と口角をあげた。

「なら、好都合だ。あそこなら泣こうがわめこうが誰も来ないからな」

その言葉を聞いた途端、寒川と橋野が不気味な微笑を浮かべた。大沼も盛大に煙を吹き出して笑う。

「男を舐《な》めると、どうなるのか、しっかりと解らせてやろうぜ」

そう言って、灰皿にマルボロの灰を叩《たた》いて落とした。

【03】落とし物

ファミリーレストランを出た途端、不愉快な蒸し暑さが冷房に慣らされた肌を撫《な》で回す。

桜井梨沙と茅野循は再び自転車に跨《またが》り、国道を山沿いの方角へ向かう。

やがて、背後のファミリーレストランの看板が見えなくなった頃だった。路面はだらだらと傾斜を始めて、杉林の下り斜面と苔《こけ》むした擁壁に挟まれた登り坂となる。

「……どうぶつのビスケットのやつ、あれ好きなんだけど、最近なかなか売ってないんだよねえ」

坂道を登りながら、平然と雑談をしようとする桜井。一方の茅野は……。

「そう……ひぃ……はぁ……ど……どうぶつの……ぜぇ……はぁ……」

息も絶え絶えである。

インドア派の彼女は持久力に欠けるところがあった。

「ところで循」

「な……なあに？　梨沙しゃん」

思いきり言葉を噛《か》んだ。

桜井は噴き出しそうになるが、ぎりぎり堪《こら》える。

「……あとどれくらいで着くの？」

「こっ……この、坂を登ったら……すぐよ……ひっ、左に雑木林があって、登り坂があるから、そこを登るの……ぁああ……うんざり……そうすると、ひぃ……登山客向けの駐車場があるわ……そ、そこで……ォェ」

「あ、もういいよ。後で聞くよ。ごめん」

桜井は心底申し訳なさそうな顔で、律儀に質問に答えようとしてくれた茅野へと謝罪した。

そのすぐ後だった。

路面の傾斜が、だんだんと緩やかになる。同時に左の擁壁は姿を消して、茅野の言う通り雑木林へと姿を変えた。土と植物の匂いが強まる。

そして、心なしか空気がひんやりと感じられてきたとき、左側の雑木林を割って延びる砂利道が見えてくる。

桜井と茅野は、その砂利道の奥へと進み、木立と藪《やぶ》に囲まれた未舗装の駐車場へと辿《たど》り着いた。

車は一つもない。その駐車場の奥には、肩幅程度の細い山道の入り口があった。二人は隅っこに自転車を止めると一息吐く事にする。

「……ここからしばらく行くと道が二手に分かれていて、その片方が五十嵐脳病院に通じているわ」

そう言って、茅野は駐車場の端にあった倒木に腰かけながら、スポーツドリンクを口にした。すると、桜井が疑問を呈する。

「でもさ。何でわざわざ、こんな山奥に病院なんか建てたの？」

「昔は今以上に心身の障害者に対しての差別意識が強かっただろうし、人里離れた場所にある事自体は、それほど不自然ではないわ」

「ふうん。昔の人ってクソだね」

「そうね」

と、茅野は同意して立ちあがる。スポーツドリンクのペットボトルをしまうとスクールバッグを背負い直した。

「そろそろ、行きましょうか」

「うん」

こうして、桜井と茅野は再び五十嵐脳病院へ到る道を辿り始めた。

◇◇◇

それから、しばらく経った後だった。

どん、どん、どん……と、車内から重低音を響かせて黒のハイエースが駐車場にやってくる。

ハイエースは駐車場の真ん中で停まった。

エンジンの排気がやむと、車内から三人の男が降り立つ。

大沼、橋野、寒川である。

そして、大沼が駐車場の隅に停めてあった二つの自転車に気がつく。

「おい、見ろ。あの二人組のＪＫ、間違いなくここにいるみたいだ」

橋野が自転車に貼ってある藤見女子高校の通学許可ステッカーを見て、粘度の高い笑みを浮かべた。

「あのロリ、俺のだからな？」

「俺はあっちの胸がデカイ方をもらうか」

大沼がマルボロをくわえて、髑髏《どくろ》の飾りがついたオイルライターで火をつける。

「どうする？」

と、橋野が大沼に指示をあおぐ。

「しばらく、ここで待ち伏せするぞ。どうせすぐに帰ってくるだろ」

大沼は、五十嵐脳病院へと通じた山道の方を見やり、白い煙を吐き出した。

◇◇◇

雑草とおびただしい蔦《つた》に埋もれた門柱。そこに刻まれた『五十嵐脳病院』の文字が、かろうじて葉の隙間から窺《うかが》えた。

門は錆《さ》びた格子扉で閉ざされており、内側には荒れ果てた敷地が広がっていた。

その奥に鎮座するのは擬洋風の木造建築である。

蔦や苔に侵食された壁面に並ぶ窓硝子《ガラス》は、ほとんどが割れ落ちている。その向こう側には、まるで亡霊のような、穴だらけのカーテンがぶら下がっていた。

壁や瓦《かわら》屋根が崩れている場所も見受けられ、玄関の庇《ひさし》は柱が右に傾いでいた。

「ふんいきあるねー」

と、桜井がネックストラップで吊《つ》るしたスマホで、ぱしゃぱしゃと撮影を始める。

「まだ日本の景気がよかった頃は、この病院を文化財として保存して、観光資源に利用する計画もあったみたい」

「ふうん、そなんだ」

「……でも、土地や建物の権利の問題、自治体の財政難から計画は頓挫《とんざ》して、それ以来、捨て置かれたままらしいわ」

茅野がそう言い終わると、桜井は絡まった蔦を引きちぎり、格子の門を押し開いた。蝶番《ちょうつがい》が軋《きし》んだ音を立てる。

すると、茅野が何かを思い出した様子で声をあげた。

「……あ、言い忘れていたけれど」

「何？」

「こういった廃墟《はいきょ》に無断で立ち入る事は、建物や土地の持ち主から不法侵入で訴えられる恐れがあるわ」

「そうなんだ。じゃあ、もう帰る？」

桜井は残念そうに唇を尖《とが》らせる。すると、茅野は不敵に笑いながら首を横に振った。

「いいえ。せっかく、ここまで来たのだから、ちょっと覗《のぞ》いていきましょう。もしかしたらだけど、本物の心霊現象が拝めるかもしれないわ」

そう言って、茅野はスクールバッグからデジタル一眼カメラを取りだして首にかけた。

動画撮影の準備を始める。

それを見た桜井の表情が、ぱっと明るく輝いた。

「うん。ちょっとだけならいいよね？」

「そうね。ちょっとだけ」

「もし心霊写真とか撮れたらどうする？」

桜井の質問に、茅野はほくそ笑む。

「……どこかにアップして、思い切りイキり倒すのも悪くないわね」

「それは〝いいね〟がいっぱいもらえそうだよ」

「でも梨沙さん、SNSやった事ないじゃない」

「そだった」

……などと、呑気《のんき》な会話を繰り広げながら、雑草に埋もれた石畳を渡り、傾いた庇の下を潜り抜ける。

その奥にある玄関の扉は床に倒れていて、入り口は開け放たれたままだった。

二人は倒れた扉板を踏みつけ、五十嵐脳病院へ足を踏み入れた。

◇◇◇

遺《のこ》された建物の構内には、この病院の在りし日を思い起こさせる品々が、未《いま》だに放置されたままとなっていた。

古びたベッド、襤褸《ぼろ》布のカーテン、色褪《いろあ》せたポスターや新聞、四脚のブラウン管テレビなどなど……。

入浴室のバスタブには黒黴《くろかび》がびっしりとこびりついており、戸棚には当時の薬瓶や、汚濁した液体に満たされた硝子容器が埃《ほこり》にまみれて並んでいた。

古めかしい硝子の注射器など、時代を感じさせる治療器具もたくさんあった。

それらの光景を一つ一つ見て回るうちに、桜井と茅野の心に奇妙な懐かしさが込みあげてくる。彼女たちが、その時代を直接過ごした訳ではないにも拘《かか》わらずだ。

そうした出所不明なノスタルジーに浸りつつ、二人は一階の中庭に面した陽当たりの良さそうな部屋へと足を踏み入れた。

そこは、どうやら診察室のようだった。

「何か、胸の奥がつんとするね」

そう言って、桜井は木製の机に無造作に置かれた聴診器の写真を撮った。茅野もどこかうっとりとした表情で、桜井の言葉に同意する。

「そうね。廃墟探索って、けっこういいわ。はまりそう……」

「でもさ、一つ疑問なんだけど」

「何かしら？」

「けっこう、たくさん昔の物が残されているのは何で？　これ、みんな大正時代のものなんだよね？」

「病院から出る廃棄物は感染症などの問題があるから処分するのが面倒臭いのよ。危険な薬品もあるし。だから、この病院のように様々な物が放置されたままになるのは、良くある事よ」

「ふうん」

と、桜井がぼんやりとした返事をした。

「……まあ、文化財にしようとしていたぐらいだし、割と近年まではちゃんと管理されていたのではないかしら」

と、言いながら茅野が部屋の奥にあった布の衝立《ついたて》を退《ど》かした瞬間だった。裏にあった診察台の下から、何やら黒い小さな影が飛び出してきた。

「きゃっ」

茅野は短い悲鳴をあげてたじろぐ。

影は茅野の脇を駆け抜け木製の回転椅子に、ぴょん、と飛び乗った。そして、牙《きば》を剝《む》き出しにして、しわがれた声でひとつ鳴く。

それは、満月のような金色の目をした黒猫だった。

「何だ。にゃんこか」

桜井が、ぱしゃりと写真を撮ると、黒猫は再び俊敏な動きで椅子から飛び降り、開かれたままだった部屋の入り口から何処かへ去っていった。

「ちょっとだけ驚いて声が出てしまっただけよ？　私は怖がってなどいないわ」

と、胸をなでおろしながら言う茅野に対して桜井は苦笑する。

「誰に何の言い訳をしてるのさ」

「そんな事より、梨沙さん」

「何？」

「診察台の下に面白いものが落ちているわ」

茅野は床に膝《ひざ》を突いて右手を伸ばし、それを摑《つか》み取る。

診察台の下に落ちていたのはスマホだった。五年前に発売されたモデルである。

「バッテリーは死んでるわね……」

電源を入れてみたが画面は暗いままだ。

「肝試しに来た誰かが落としていったのかな？」

桜井が茅野の脇からスマホを覗き込む。

「恐らく、そうでしょうね……」

「どうする？　警察に届ける？」

茅野は首を振る。

「直接、持ち主に届けてあげましょう。警察に届けるとなると、この場所で拾った事を言わなければいけなくなるわ。それは、ここに入る前に説明した通り不味《まず》い事になるかもしれない」

「不法侵入だね？」

「そう。別に警察に嘘を吐いてもいいけれどバレるかもしれない。それなら、スマホのデータを確認して持ち主を特定し、私たちが直接届けた方が確実だわ。だから、私は他人のスマホの中身を覗いてみたいとか邪《よこしま》な事を考えている訳では、断じてないのよ？」

「だから、誰に何の言い訳してるの？」

「とりあえず、このスマホは後にして……」

こほん、と茅野が咳払《せきばら》いをする。スマホをスクールバッグにしまう。

「そろそろ、この部屋を出て、残りの場所も回ってしまいましょう」

「うん。そだね」

こうして、二人は診察室を後にしたのだった。

【04】　エンカウント

この五十嵐脳病院は空から見おろすと〝日〟の漢字を横に倒したような形をしていた。二階建てで、階段は玄関ホールと裏口の近くにある。病室は二階にあり、全部で二十部屋ほどあった。地下階もあったが現在は水没しており、侵入する事はできない。そして、本来ならば裏手にもうひとつ病棟があったのだが、すでに倒壊しており、完全に草木の中に埋没している。

桜井と茅野はぐるりと病院内を見て回ると、再び玄関ホールへと戻ってきた。その表情はご満悦といった様子である。

「たっぷり堪能《たんのう》したね。幽霊はいなかったけど」

「まだ解らないわ。カメラで何か撮れているかも。帰ったら確認してみましょう」

「そだね」

と、桜井が茅野より一歩先に玄関の外に出た。その瞬間だった。入り口の脇から飛び出してきた影が彼女たちの行く手を塞《ふさ》いだ。

「遅いから迎えにきちゃった」

そう言って、桜井の右手首を摑んだのは寒川であった。目を弓なりに細めて嫌らしい舌舐《したな》めずりをしている。

そして、彼の背後には……。

「オイ、寒川、そのロリは俺んだって言っただろ？」

ぎらついた目つきの橋野。

「よお。お嬢さん方。これから帰るなら俺らの車で送ってやるけど？」

そう言って、橋野の隣で煙草を吹かすのは、大沼であった。

茅野はデジタル一眼カメラを構えたまま、険しい表情でじりじりと後退《あとずさ》りする。

「……結構です。お構いなく」

大沼が鼻と口から白煙を噴射する。

「でも、お前のお友達は、乗り気みたいだが？」

「嫌だ。放して！」

桜井が叫んだ。すると、大沼は口元を嗜虐《しぎゃく》的に歪《ゆが》める。

「まあ、車に乗せてやる代わりに、きっちり乗車料金はもらうけどな」

「大沼さん、何か自分の車みたいに言ってるけど、あれ、俺の車だから。運転するのも俺だし」

そう言って、寒川が桜井の右手を強引に引っ張る。

「ほら、来いって。ファミレスではよくも恥を掻かせてくれたよな？　メスガキの分際で」

「痛いッ！」

桜井の右腕が引っ張られて、ぐっと伸びる。そして橋野が、再び念を押した。

「オイ、だから、そのロリは俺んだから、あんま雑に扱うなよ？」

その言葉が終わる前だった。

「放せって言ってるのに」

桜井がくるりと掴まれたままの右手首を返し、手の甲を上に向けた。

そのまま右足で踏み込みながら、肘《ひじ》を外側へ張り出すように曲げる。すると、あっさりと掴まれていた右手首がすり抜けた。

「ありゃ……？」

寒川の目が点になる。

肘を支点にテコの原理で手首の拘束をとく初歩的な護身術だった。

寒川が呆気《あっけ》に取られるうちに、桜井は彼の胸元を捻《ひね》りあげ、右手首を掴み返した。

すると、彼女の小さな身体がくるりと翻る。刹那《せつな》、寒川は宙を舞い背中から落下した。

「普通にキモい」

呻《うめ》き声をあげる寒川。その彼の顔面を桜井が踏みつける。寒川は意識を失った。

「テメェ……」

大沼が煙草を指先で弾《はじ》いて捨てた。そしてポケットの中から取り出したバタフライナイフをくるりと右手の指先で回転させる。

「おい。これで刺されたくなかったら、大人しくしろ！」

怒声と共に鋭利な刃が煌《きら》めく。

しかし、次の瞬間だった。桜井の背中越しに茅野が叫ぶ。

「梨沙さん！」

その声と同時に青白い閃光《せんこう》が瞬いた。

茅野がデジタル一眼カメラのフラッシュを焚《た》いたのだ。

眩《まぶ》しさに大沼と橋野が一瞬だけ怯《ひる》む。一方で茅野に背を向けていた桜井は、素早く大沼との間合いを詰め、彼の右手首を外側へ捻りあげた。

「痛てぇ！」

バタフライナイフが足元へ落下する。同時に大沼の鳩尾《みぞおち》に桜井の拳《こぶし》が深々とめり込んだ。

「お、オェ……うっ」

女子高生離れした拳の威力に悶絶《もんぜつ》しながら、身体をくの字に折り曲げる大沼。桜井は間髪容《い》れず〝内股《うちまた》〟を仕掛けた。そのまま大沼は地面に払い倒されて苦悶の表情を浮かべる。

「クソっ！」

橋野は血の気の失《う》せた表情で吐き捨てる。

仲間が次々と倒されていく一部始終を目の当たりにした彼は、明らかに臆《おく》していた。

一歩、二歩と後退りする。

そこで、気絶した寒川の許《もと》で屈《かが》んでいた茅野が声をあげる。

「梨沙さん、これを！」

何かを放り投げた。

桜井は、それを右手でキャッチする。寒川のジーンズのポケットに入っていた車のキーだった。

桜井は茅野の意図を悟り、にやける。

「そぉーいっ！」という、掛け声と共にキーを玄関脇の茂みへと全力で投げた。

橋野は頭を抱えて絶叫する。

「ああああー!!　マジかああああ!!」

「逃げるわよ！」

茅野が転がったままの寒川の身体を飛び越え、未《いま》だに悶《もだ》える大沼の脇を通り抜ける。

桜井もその後に続いた。

橋野は鍵《かぎ》が投げ捨てられた藪《やぶ》と、去り行く二人の背中を見ながら苛立《いらだ》たしげに舌打ちをする。

そして、未だに地面に転がったままの仲間たちに目線を移し、一人で追いかけても勝てないと判断したようだ。

仕方なしに、投げ捨てられた鍵を捜しに藪の方へと向かった。

◇　◇　◇

二人は駐車場まで駆け戻って来た。

「あれがあいつらの車だね？　おっと……」

突然、桜井がよろけて、ぺたりと砂利の上に座り込んだ。

茅野が心配そうに桜井の顔を覗《のぞ》き込む。

「大丈夫？　梨沙さん」

桜井は右膝《みぎひざ》を擦《さす》りながら苦笑いする。

「うん……でも、ちょっと動き過ぎちゃったかも」

今でこそオカルト研究会の部長に身をやつす桜井であったが、中学三年の春先までは柔道に打ち込み、その道で将来を嘱望されていた。

右膝の怪我を切っかけに引退したのだが、その傷は未だに完治していない。

「どうやら、あいつら、まだ来ないみたいだし、ほんのちょっと休んでいて」

そう言って、茅野はスクールバッグの中からミントガムと、何かに使うかもしれないと用意してきたドライバーセットを取り出す。

ガムをクチャクチャと嚙《か》みながら、プラスドライバーを握り締める。

そうして、駐車場の隅の藪から猫の頭ぐらいはありそうな石を拾ってきてハイエースに近付く。

「何をするの？」

桜井が首を傾げると、茅野は得意げに胸を張る。

「まあ、見てなさい……」

そう言って、ドライバーの尖端《せんたん》を運転席側のサイドウインドに当てて、拾った石をゴツンとドライバーの尻《しり》に打ち付けた。

すると、あっさり硝子《ガラス》は粉々に砕け落ちる。けたたましい防犯ブザーの音が鳴り響いた。

「あはは、やるぅー」

桜井が手を叩《たた》いて爆笑した。

「車のサイドガラスは集中荷重に弱いの。案外、簡単に割れるわ。力のない私でもね」

茅野は割れたガラスの隙間から腕を突っ込み解錠するとドアを開けた。

すると、嚙んでいたガムを吐き出して車のエンジンキーにぐりぐりとねじり込む。更にドライブレコーダーを手早く外した。

そこで桜井が問う。

「それ、どうするの？」

「残しておくと後々面倒だろうから、帰り道のどこかで捨てていきましょう」

「あー」

「で、梨沙さん、そろそろ、行けそう？」

桜井が顔をしかめながら「どっこいしょ」と、立ちあがる。

「帰りは下り坂で楽だし、何とかなるよ」

「そう。なら、そろそろ帰りましょう」

「うん」

こうして、ふたりは自転車に跨《また》がり帰路に就いたのだった。

【05】 後日譚

五十嵐脳病院の探索から数日後。

藤見女子高校部室棟二階にあった倉庫は、すっかりオカルト研究会の部室として生まれかわっていた。

部屋の中央にあるテーブルは学習机を六個合わせた物だったが、それなりに見映えのするテーブルクロスをかけたので様になっていた。

茶器類も百円均一で売っているような安物だったが、ひと通りそろっている。

かつては雑多な荷物が押し込められていたスチールラックはというと、すっかり本棚と化していた。

『眼球譚』、『フーコーの振り子』、『ドグラ・マグラ』、『黒死館殺人事件』、ケッチャムの長編、ポーの短編、猟奇犯罪の実録もの、UMAやUFOなどのオカルト関連書籍などなど。例の郷土史研究会報も全巻背表紙を揃えていた。

すべて茅野の趣味である。

その他には電気ポットや小型の冷蔵庫まで完備してある。

「……くふふふっ。こういう、ライトノベルに出てくるような部室にずっと憧《あこが》れていたのよ」

ご満悦な笑みを浮かべ、電気ポットのお湯を、カップにセットしたドリップ珈琲《コーヒー》へと注ぎ入れる茅野だった。

そんな彼女の様子を、テーブルに頬杖《ほおづえ》を突きながらまったりと見つめていた桜井が気だるげに言う。

「……でもさー。結局、何にも撮れてなかったよね。幽霊とか」

「そうね」

五十嵐脳病院で二人が撮影した動画や写真を確認したところ、それらしきものは一つも映っていなかった。

「あーあ。せっかく現地まで行ったのに不思議な事は何もなしかあ……」

と、残念そうな桜井であった。

しかし、茅野の方は何とも言えない困った笑みを浮かべる。

「それが、そうでもないのよ」

「え？」

桜井が目を丸くする。茅野はティースプーンでぐるぐるとカップの中身をかき混ぜながら語る。

「実は、解釈に困っている事が一つあって……」

「何さ？」

「あのスマホなんだけど」

「ああ。そういえば忘れてた。結局、あれはどうなったの？」

「単に過放電でバッテリーがゼロになっていただけだったわ」

「ふうん。で、結局データは見れたの？」

「ええ。ロックは掛かっていたけれど、一度初期化してからデータ復旧アプリを使ったの」

そう言って茅野は足元のスクールバッグから、あの診察室で拾ったスマホを取りだし電源を入れる。画面を人差し指でなぞりながら操作して、桜井の方へと手渡した。

「その、ピースしてる子が多分、このスマホの持ち主よ」

画面には友達と一緒に顔を寄せ合い、右手でVサインを作って満面の笑みを浮かべる少女の画像が表示されていた。どこかのカラオケボックスで撮られたものらしい。

桜井は、そこに映っていた少女たちの制服を見て驚く。

「これ、ウチの学校の制服じゃん」

茅野が神妙な表情で頷《うなず》く。

「この子、牧田《まきた》圭織《かおり》って言うらしいんだけど……五年前に死んでいるらしいの」

「五年前……何で？」

桜井がスマホを茅野に返却する。それを受け取りながら茅野は質問に答えた。

「交通事故。ほら、あの五十嵐脳病院へ向かう途中の坂道に献花があったでしょう？」

「ああ……あのどうぶつビスケットが供えてあった場所？」

「そう。牧田さんはあそこでトラックに轢《ひ》かれて死んだらしいわ」

「そうなんだ……」

「それから、これを見て」

茅野は立ちあがり、本棚から『郷土史研究会報1』を抜き取る。それから桜井の隣に立ち、最後のページをめくってテーブルの上に置いた。

茅野は奥付の発行者の欄を指差す。その名前を見て、桜井は驚愕《きょうがく》する。

「牧田圭織……」

「そうよ。彼女は郷土史研究会だったみたい。これ以外も、すべて彼女の名前が奥付にあるわ」

「凄《すご》い偶然だね。だって、あたしたち、この郷土史研究会の会報を見て、あの病院へ行く事に決めたんだもん」

「驚くのは早いわよ。梨沙さん」

「え、まだ何かあるの？」

「私、実は牧田圭織さんの顔に見覚えがあったの。そのスマホの写真を見てびっくりしたわ」

「はい？」

桜井が眉間《みけん》にしわを寄せて首を傾げる。

茅野は再び自分の座っていた席に戻り、少し冷めた珈琲を啜《すす》った。

「……この部屋を掃除した日、段ボールを運んでいた私にぶつかってきた女がいたでしょ？」

「まさか……」

桜井が息を呑《の》む。茅野は神妙な表情で頷いた。

「牧田圭織は、あのときの女とそっくりなのよ」

流石に何とも言えない表情で固まる桜井。

ごお……と、古めかしいエアコンの冷気を吐き出す音だけが部室内に響き渡る。

「……本当に？」

数秒後、疑わしげな表情で眉《まゆ》をひそめる桜井。

「本当よ。口元の右端の黒子《ほくろ》、特徴的だからよく覚えているわ。あのぶつかってきた女も同じ場所に黒子があった」

「いつもの冗談じゃなくて？」

茅野は、ふっ、と笑って首を横に振る。

「弟の男性器に角が生えているという話は嘘だけれど、こればかりは本当よ」

「え……えっ。ちょっと待って」

「何かしら、梨沙さん」

「カオルくんのアレには、角は生えていないの？　それは嘘なのね？」

「当然よ。私の弟は人間だもの」

平然とした顔で言い放つ茅野に向かって桜井は叫ぶ。

「そっちの方がびっくりしたよ！」

それは今日一番の驚きの声だった。

◇　◇　◇

「……俺も詳しくは知らんし、又聞きの話でいいなら話せるが……」

と言って、職員室でキャスターつきのオフィスチェアにだらしなく座るのは、物理教師の戸田純平《じゅんぺい》であった。オカルト研究会の顧問である。

その日の帰り際、桜井と茅野は部室の鍵《かぎ》を返却しに行くついでに、郷土史研究会と牧田圭織について戸田に尋ねてみた。

因《ちな》みに戸田はいつも眠そうな目をしたビール腹の小汚ない中年で、生徒からの人望はゴキブリレベルである。

しかし、実際はそれほど悪い教師ではないというのが、桜井と茅野の評価であった。

「……その郷土史研究会だが、四年前に廃部となっている。実は殆《ほとん》ど、まともに活動していなかったらしい」

「あー……」

あたしたちと同じだ……桜井は得心した様子で声をあげた。

「ただ、部長の牧田圭織だけは、かなり真面目に活動していたんだそうな。ひとりで会報を発行したりな」

牧田は休日には単独で地元の史跡や名所を訪ねたり、市の多目的ホールで行われる郷土史をテーマにしたシンポジウムなどにも参加していたらしい。

「……で、彼女が死の直前に興味を持って取り組んでいた研究テーマが、あの五十嵐脳病院……お前らも聞いた事があるだろ？」

桜井と茅野は微妙な表情で首肯する。

「彼女は、その病院へ向かう途中の道で、交通事故に遭って亡くなった。翌年、部員のほとんどが卒業し、新入部員もいなかった事から郷土史研究会は廃部となったらしい。で、けっきょく、会報に載せる予定だった五十嵐脳病院に関する研究レポートは日の目を見る事がなかったんだと」

茅野は大きく目を見開いて言葉を発した。

「じゃあ、あの十二番目の会報は……」

「十二番目の会報……？」

怪訝《けげん》な顔で問う戸田に、茅野は「いえ、何でもありません」と誤魔化した。

すると、そこで戸田はいったん話を区切り、鳥の巣のような頭をボリボリと右手で掻《か》いた。

そして、どこかばつが悪そうに、その質問を切り出す。

「もしかして、お前ら、何かあったのか？」

「何か……？」と、桜井が首を傾げる。

「あったといえば、ありましたけれど、どういう事です？」

茅野が戸田を促す。すると、彼は更に質問を重ねてきた。

「何で、郷土史研究会と牧田圭織の事を俺に聞きに来た？」

「あの部室を掃除している時に郷土史研究会の会報を見つけたので、少し興味を持っただけです。牧田圭織さんの名前はその会報の奥付で知りました」

その茅野の言葉を耳にした戸田は、どこかほっとした表情で再び頭を掻いた。

「そうか……俺はまた、あの部屋で何かあったのかと思ったが、そうじゃないんだな？」

「あの部屋がどうかしたの？　何かあったって？」

桜井が怪訝そうに問い質《ただ》す。

「あそこ、元々は郷土史研究会の部室だったらしい」

その戸田の言葉に桜井と茅野は絶句する。

「……で、郷土史研究会が廃部になった後、あの部屋を他の部が使っていたらしいんだが、その……おかしな事が起こるってんでな……。そんな事が続くうちに、誰も立ち入らなくなって、いらない物をぶちこんでおく倉庫になっちまったという訳なんだが」

「おかしな事って？」

桜井が食い気味に問う。

「おかしな事って、そりゃ……アレだよ。誰もいないはずの部室の中から声がしたり、物の位置が知らないうちに変わっていたりっていう、お決まりのやつだ。俺は物理教師だから、幽霊だとか、そんな非科学的なモンは信じねえけどなぁ……」

ガハハと笑う戸田。

桜井と茅野は渋い表情で再び顔を見合わせる。

「でも、オカルト研究会にはぴったりな部屋だろ？　だろ？」

どや顔をする戸田。どうやら気を利かせたつもりらしい。こういった気を利かせるポイントがずれているところも彼の悪評の原因であった。

桜井と茅野は、一応礼を述べて職員室を後にしようとする。

すると、戸田に呼び止められた。

「あ、そうだ。お前ら」

桜井と茅野は、立ち止まって振り返る。

「……俺はいちいち部の活動に口を出すような事はしないが、ちゃんと部室を持ったからには真面目に活動しろよ？」

その戸田の言葉に、二人は何とも言えない表情で顔を見合わせる。

「それは、もちろん」

「任せてください。先生」

桜井と茅野は、しれっとした顔で心にもない事を口にした。

すると、戸田はなおも真面目な調子で話を続けた。

「学期ごとに、何か目に見える形で活動実績を残さないと、部室は使用停止になるからな」

二人はぎょっとして大きく目を見開いた。

その顔を見て、戸田はにやりと笑う。

「何の活動もしていない部に、部室を使わせる訳がないだろう。下手すりゃ、廃部もあるからな？」

このまま、苦労して手に入れた部室を何もせずに手放すのはしのびない。桜井が唇を尖《とが》らせる。

「でも、そんな事を言っても、オカルト研究会なんて、何をすればいいのさ？」

その問いかけに、戸田は苦笑する。

「俺に聞くなよ」

そして、天井を見あげながら、しばらく考え込んだ後、戸田は一つの提案を打ち出してきた。

「……じゃあ、お前らも部の会報でも作ったらどうだ？」

桜井と茅野は何とも言えない表情で顔を見合わせる。

「どうするかはお前らに任せるから、ちょっと、考えてみろ。まだ一学期の終わりまでは時間がある」

そう言って、戸田は事務机に向き直った。

それから、桜井と茅野は礼をして、職員室を後にすると、帰路に就く事にした。

◇　◇　◇

「結局さ。どこまでが偶然なんだろうね」

生徒玄関で靴を履き替えながら、桜井がぽつりと呟《つぶや》く。

「例の冊子を拾って……あの病院へ行って……スマホを拾って……そもそも、何であの病院に行きたくなったのか、よく解らないんだよね。今考えると」

「そうね。けっきょく、どこまでが彼女の意思だったのかしら？」

履き替えたばかりのスニーカーの爪先《つまさき》でとんとんと床を叩《たた》きながら茅野は思う。

部室を作ろうと思い立ち戸田に相談したのも、五十嵐脳病院へ行くと決めたのも自分たちのはずだった。

しかし、もしも、そこに誰かの意思が介在していたのだとしたら……。

「そんなに、あのスマホが惜しかったのかな？　牧田さんは、スマホを落として取りに戻る途中でトラックに轢《ひ》かれたとか？」

その桜井の言葉に首を傾げる茅野。

「それは何とも言えないけれど」

二人並んで生徒玄関を後にする。

そして、眩《まぶ》しい夕暮れの中、テニスコートの方から聞こえる部活の音に耳を傾《かたむ》けながら、茅野は己の見解を口にした。

「……でも、スマホって、もうその人の脳の一部みたいなものでしょう？　とてもプライベートな情報がたくさん詰まっているわ。もちろん、大切な思い出もね。きっと、牧田圭織さんにとって、死んでも忘れがたい何かが、あのスマホにはあったのよ」

「あー、循みたいにBL漫画をたくさんダウンロードしていたなんて知られたら、成仏できないよね」

「なっ……あ、貴女《あなた》……なぜ、それを」

「今の循、裏庭に埋めた死体を発見されたときの殺人鬼みたいな顔をしているよ」

桜井の意地悪な指摘に茅野は頬を赤らめながら、こほんと咳払《せきばら》いをひとつして誤魔化す。

「……取り敢《あ》えず、戸田先生の言う通り会報でも作ってみましょう。あまりサボってばかりいると牧田さんにも祟《たた》られそうだし」

「そだね。でも内容はどうする？」

「今回みたいに近くの心霊スポットを回って、そのレポートを書くというのは？」

「いいねえ」

そう言いながら、楽しそうに笑う桜井の横顔を窺《うかが》い、満足げに頷《うなず》く茅野。

二人は肩を並べて駐輪場へと向かう。

このあと、二人は牧田圭織の家族に連絡を取り、彼女の家へとスマホを返しに行く事にした。

そして、後日。

どういう訳か、あの『郷土史研究会報12』は部室の本棚から忽然《こつぜん》と消え失《う》せていた。

まるで、最初から存在していなかったかのように……。

■ report　五十嵐脳病院

県北の黒谷地区の山間にひっそりと佇《たたず》む大正時代に建てられた擬洋風建築の精神科病院である。

黒谷岳の登山口付近の山深い森に所在するためか、立ち寄る者はあまりいない。

インターネット上に投稿された体験談を見るに、ここで目撃されるのは白衣姿の医師や看護師の霊なのだという。

この手の心霊スポットで出現するのは大抵、不慮の死を遂げた患者の霊というのが定番であるので、これは珍しい事例である。

更に噂によれば、この病院に遺されている当時の医療器具のいずれかを持ち帰ると、五十嵐脳病院の者を名乗る男から、返却を求める電話が毎晩掛かってくるようになるらしい。持ってきたものを元の場所に戻せば、電話は掛かってこなくなるのだという。

それほど知名度は高くはないが廃墟《はいきょ》マニア、オカルトマニアの間では知る人ぞ知る名所という評価を受けている。

危険度ランク【C】

File2

黒津神社

【00】 折れた翼

二年前の事だった。

茅野循が病室に入ると、窓際のベッドに横たわる桜井梨沙の姿があった。

その石膏《せっこう》で固められた右足が、カーテンの隙間から射し込む夕陽によって真っ赤に染めあげられていた。

桜井は首を捻《ひね》ると、近寄ってくる茅野の方を見て力なく笑った。そして、ベッドを少しだけ起こす。

茅野は軽く右手をあげて、ひらひらと指先を動かした。

「思ったより、元気そうね」

その言葉は本気でそう思った訳ではなく、そうあって欲しいという願望に近かった。

茅野はベッドの脇のパイプ椅子に腰をかける。

すると、桜井が寂しそうに微笑んだあとで口を開いた。

「まあ、命が助かっただけ嬉《うれ》しいよ」

そのときの、まるでこの世が終わったかのような彼女の表情を、茅野は今でも忘れる事ができない。

◇◇◇

梅雨らしからぬ晴れ間が覗《のぞ》いたある日の事だった。

桜井と茅野は部の会報を制作するに当たり、近隣にある心霊スポットを探索する事にした。二人が住む藤見市から在来線で五駅ほど行った黒津《くろつ》市に所在する、黒津神社という場所である。

この神社は田園と古びた町並みに囲まれた小高い丘の上にあり、打ち捨てられて立ち寄る者はあまりいない。

境内へ続く石段は両脇からはみ出た雑草に埋もれており、周囲には背の高い木々が生い茂っている。

階段を登り、石造りの鳥居を潜ると杉や松などの針葉樹に囲まれた円形の境内があった。そのほぼ中央にくすんだ茶色の社殿が鎮座している。

鳥居の横にある手水舎《ちょうずや》は苔《こけ》むして涸《か》れ、狛犬《こまいぬ》の片方は台座ごと倒れていた。

ふたりは鳥居から荒れ果てた境内を見渡し、しばし佇む。木漏れ日の網の目模様が、その陰気な空間をカラフルに染めあげていた。

「……ここで呪いの儀式が行われているんだよね？」

「そうね。丑《うし》の刻参り……古《いにしえ》の時代から存在する呪術儀式よ。この境内では、今でも夜な夜な行われているらしいわ」

今は昔。

大型匿名掲示板で、様々なネット怪談が夜毎に生み出されていた頃、オカルト板にて一つのスレッドが立てられた。

タイトルは『すげー効くぞｗｗｗｗ』

このスレッドを立てたスレ主によれば、ある場所で丑の刻参りをしたところ、そのターゲットとなった人物が次々と死んだのだという。

その証拠として藁《わら》人形が写された五枚の画像がアップされた。

いずれも、おびただしい数の五寸釘《くぎ》で木に打ちつけられており、別々の名前が記された布の名札がつけられていた。

それを見たスレ民が当然の流れとして、この五人の名前について調べ始める。すると、いずれも数日から数ヶ月の範囲で同姓同名の人物が死亡している事が確認された。

そこでスレ主が『俺はもう七人呪い殺している』と嘯《うそぶ》き、スレ民たちの好奇心に火をつける。結果、この丑の刻参りが行われた現場の特定祭りとなった。

しかしそのまま、何の進展もなく数日が経過する。

そして、とうとうスレ民の誰もが飽き始めた頃だった。

くだんの丑の刻参りが行われた場所は黒津神社であるという情報が、スレッドに書き込まれる。同時に情報提供者のＩＤ付きの証拠写真が何枚かアップされた。

そこには以前にアップされたものと同一だと思われる藁人形が写り込んでいたのだという。

その情報提供者は『この神社は呪詛《じゅそ》の力が非常に強いのでみだりに近寄らない方がいい』と忠告し、それっきり沈黙した。

「……その後のスレにあがった報告では、最初にアップされていた藁人形は現在、何者かによって撤去されており、存在していないらしいわ」

「ふうん……」

「以降、この神社では、丑の刻参りが盛んに行われるようになったそうよ」

「そりゃ、効くって解っていれば、誰だってやるよねえ」

「この話の不気味なところはそこよ。最後に現れた情報提供者は、なぜ、わざわざ、スレッドに投下された画像の場所が、黒津神社である事を明かしたのかしら？　更に念を押すような警告までして」

「まるで、丑の刻参りをやって欲しいみたいだよね」

茅野は頷《うなず》く。

「兎《と》も角、それ以来、この場所ではその手のエピソードに事欠かないわ。肝試しに訪れた者が鬼のような顔をした白装束に追い掛け回されたり、鉢合わせた白装束同士が喧嘩《けんか》をしていた、なんていう話もあるそうよ」

「あははは。それ、ウケるねー」

桜井はスマホのシャッターを切り、茅野はデジタル一眼カメラで動画撮影しながら鳥居を潜る。二人は境内へと足を踏み入れた。

まずは真っ直ぐに社殿へと向かう。御扉は固く閉ざされており、賽銭《さいせん》箱も鈴も見当たらない。

「それじゃあ梨沙さんは、右回りで。私は左回り。藁人形があったら全部写真に収めて。会報に載せるわよ」

「りょうかーい」

桜井と茅野は、境内をつぶさに見て回った。

◇◇◇

茅野循がその藁人形を見つけたのは社殿の左側の大きな杉の裏側だった。

「これは……」

「循、どしたの？　突っ立ったままで」

突然、背後から桜井に声を掛けられ、茅野は背筋を震わせた。すぐに表情を取り繕うと振り返る。

「あ……ああ、梨沙さん。あっちの方はどうだった？」

「ん？　ああ。名前が書いてるやつが三つもあった」

「そう。それは良かったわ」

茅野は心ここに有らずといった調子で答える。すると、そこで、桜井が彼女の背後にある杉の幹を何気なく覗き込んだ。

「……何これ？　打ち間違い？」

「え、ええ……そうね」

茅野は未《いま》だに冷めやらぬ動揺を抑えつけながら、背後の杉の幹に打たれた藁人形をもう一度見た。

その人形はなぜか右足だけに五寸釘が打たれており、そのせいで反転し、逆さ吊《づ》りになっていた。

茅野は一つ短く深呼吸をして言う。

「こっちには、これだけしかなかったわ」

「そなんだ。でも全部で四体って、けっこう多いね」

「そうね。それより、少し気分が優れないから、もう帰りましょう」

「あれあれー？　呪われたのー？　もしかすると」

桜井が、悪戯《いたずら》っぽい微笑みを浮かべる。すると、茅野は冷や汗で濡《ぬ》れた前髪を左手で払った。

「そうかもしれないわね。兎も角、どこかで休んで冷たい物でも飲みたいわ」

茅野は鳥居の方へと歩き出す。

「あ……待って。あたしはフランクフルト！」

桜井も後を追う。

この時、茅野の右手には、桜井に話しかけられて振り向く直前に、藁人形からむしり取った布の名札が握り込まれていた。

そこに記された名前は――


『桜井梨沙』


彼女は二年前の春先に、交通事故で右膝《みぎひざ》に大怪我を負った。そのせいで小さな頃から打ち込んでいた柔道を引退せざるを得なくなった。

その出来事と、黒津神社で発見された藁人形。

茅野には、とても偶然だとは思えなかった。

◇◇◇

すべてが赤と緑に彩られた悪趣味な部屋だった。

サイコサスペンスに登場する連続殺人鬼の部屋だと言っても信じる人は多いであろう。

部屋の片側の壁を覆う棚には古めかしい書物と、ベクシンスキーのレプリカ、蝶《ちょう》や甲虫の標本が飾られている。

ドレッサーやメイク道具など女性らしいものも置いてあるが、何に使うのか解らない薬瓶や器具、怪しげな香炉なども散見された。

その部屋の奥だった。

それは、窓際のベッドの隣。

書斎机の上に置かれたノートパソコンの画面を見つめながら、この部屋の主である茅野循は小さく唸《うな》り声をあげた。

あの黒津神社の藁人形の名札に記されていた桜井梨沙以外の名前。

『白浜権蔵《しらはまごんぞう》』

『鈴木美里《すずきみさと》』

『鏑木克己《かぶらぎかつみ》』

茅野はネットを見て回り、その名前の主が現在どうしているのかを調査した。

一人目の白浜権蔵に関しては、大手新聞社サイトの訃報《ふほう》一覧にて同姓同名の人物が掲載されていた。どこかの企業の創業者であったらしい。

二人目の鈴木美里は、去年の十二月頃に交通事故で死亡していた。ブログもやっており、専業主婦だったようだ。

三人目の鏑木克己は元ホストで、女性を食い物にする、呪われるのもさもありなんといった男だった。

しかし、彼が現在どうしているのかは、結局解らなかった。

これに加えて、二年前の桜井梨沙が大怪我を負った交通事故。

藁人形に名前のあった四人は、三人が不幸な目に遇い、一人は不明。七割五分の高確率で呪いが発動していると言えなくもない。

しかし、白浜権蔵はいつ死んでもおかしくはない高齢だった。

鈴木美里は姓名に使われている漢字がありきたりで、藁《わら》人形の名前と同一人物かどうか解らない。

けっきょく、あの神社の呪いが本物であるか否かの確証は持てなかった。

しかし、茅野は悪魔のように微笑む。

「……そんなの関係ないわ」

すると、その直後、部屋の扉がノックされた。

「姉さん、ご飯できたよ」

実弟の薫《かおる》である。

「今、行くわ」

茅野は身を委《ゆだ》ねていたゲーミングチェアから腰を浮かせ、自室を後にした。

【01】悪魔

それは、木曜日の放課後。

県庁所在地の駅前にあるファミリーレストランだった。

薫は隣に座る実姉の顔色をこっそりと窺《うかが》う。

姉の茅野循はたっぷりと甘くしたアイス珈琲《コーヒー》を静かに啜《すす》っていた。その表情は一見すると平静だったが、この日の姉はどこか剣呑《けんのん》な雰囲気をまとっているように感じられた。衣装も喪服のような漆黒のワンピースである。

「何かしら……？」

どうやら、視線に気がつかれたらしい。

「いや、別に」

辛うじて、その短い言葉を発して誤魔化し、グラスの中のオレンジジュースを口に含む。

よく薫の友人たちは『あんな美人でおっぱいのでかいねーちゃんと一緒に暮らせるなんて羨《うらや》ましい』などとやっかむが、そんなものは本人からしたら、彼女の本質を知らないから口にできる戯《ざ》れ言にすぎなかった。

茅野薫にとって、姉の循は率直に言って悪魔。

大抵の人が眉《まゆ》をひそめるような悪趣味なものばかりに興味を持ち、何を考えているのかさっぱり解らない。

その癖、他者の心理を読み取る事に長《た》け、恐ろしく頭の回転が早い。兎《と》も角、何をするにもやりにくい相手である。

この日も「桜井梨沙について大事な話がある」などと言われなければ、姉の誘いに乗るような事は絶対になかった。

それはテーブルを挟んで対面に座る人物も同じだったようだ。

「……桜井さんについての話があるっていうから来たけれど、何なの？　いったい」

彼女は杉本奈緒《すぎもとなお》というらしい。

自己紹介によると現在高校二年生で、姉たちとは違う学校に通っているらしい。これまでに柔道の大会で桜井と何度も対戦した事があるのだという。

しかし、薫にはいまいちピンと来なかった。

この杉本という人物が、とても柔道をやっているように見えなかったからだ。

綺麗《きれい》にデコレーションされた長いネイルや耳からぶらさげたピアスは、明らかに運動部に籍を置く者のそれではなかった。

「てか、桜井さんは？　ここには来ないの？」

「梨沙さんは昼からバイトよ」

「バイトか……」

どこか残念そうに杉本はコーラのつがれたグラスのストローを咥《くわ》える。

するとと、そこで姉の茅野が膝の上に置いた自らのバッグを開いた。

「まず、これを見て欲しいのだけれど……」

そう言って、何かを取り出しテーブルの上にあげた。

◇◇◇

その日、杉本奈緒はSNSのDMによって呼び出され、駅前のファミリーレストランへと赴いた。

そこで彼女を待っていたのは、酷《ひど》く容姿の整った二人組だった。

黒尽《ず》くめの女の方が茅野循。杉本を呼び出した張本人だ。

そして、清涼感のある幼い顔立ちの少年が茅野薫。循の弟なのだという。

確かに姉弟《きょうだい》というだけあって、その顔立ちは良く似ていたが雰囲気は正反対だった。

弟の方が光なら、姉は深い闇。

そして杉本は、その闇がテーブルに置いたものを見て大きく目を見開く。

それはジップロックに入った一枚の布切れだった。

「……これは、黒津神社という場所で見つけたものよ」

「黒津神社？」

その弟の言葉に答える姉の茅野。

「……丑《うし》の刻参りで有名な神社よ」

「丑の刻参りって、八つ墓村みたいなやつだっけ？」

「全然違うわ。丑の刻参りっていうのは、白装束をまとい、頭に蠟燭《ろうそく》を立てた鉄輪《かなわ》を被《かぶ》り、木槌《きづち》と五寸釘《くぎ》で憎き相手に見立てた藁人形を木に打ちつける呪術《じゅじゅつ》の事よ。八つ墓村は戦中に岡山県の貝尾《かいび》という場所で起こった事件を横溝正史《よこみぞせいし》がモデルにした推理小説で……」

その茅野姉弟の会話が、まったく耳に入って来ない。

杉本はずっと凍りついたまま、ジップロックの中の名札を見つめ続ける。

その『桜井梨沙』という文字。

それを記したのは、紛れもなく杉本自身であった。

「どうしたの？　顔色が悪いけれど」

唐突に話を振られ、杉本は背筋を震わせて視線をあげる。

「……ごめん。ちょっと疲れていて」

どうにか作り笑いで応じた。すると、姉の茅野が何気ない調子で質問を発した。

「練習が大変なのかしら？」

一瞬、彼女の質問の意味が解らずに言葉につまる。しかし、すぐに柔道の事だと悟り、杉本は曖昧《あいまい》に頷《うなず》いた。

「ええ……うん」

もう彼女はとっくに柔道を辞めていた。部活は何もやっていない。

ともあれ、杉本はどうにか平静を装いながら言葉を紡ぐ。

「……それで、その布切れがどうかしたの？」

「この名札は境内の木に打たれていた藁人形についていたものよ。つまり、誰かがあの神社で丑の刻参りを行い、梨沙さんに呪いをかけたという事」

姉の言葉に薫が息を呑《の》む。杉本はこめかみに冷や汗をにじませながら話の続きを促した。

「そ、それで……？」

「その犯人を探し出したいの。協力してくれるかしら？」

桜井梨沙の今の様子を知りたかっただけなのに、とんでもない事になった。

杉本は乾いた笑いを漏らすしかなかった。

◇◇◇

杉本奈緒が初めて桜井梨沙と出会ったのは、小学四年生の柔道地区大会での事。それは学年別決勝の試合だった。

杉本は桜井と組み合った瞬間に理解した。こいつには絶対に勝てないと。

噂には聞いていた。

天才的な柔道少女が同じ地区にいる事を。

幼い頃から頭角を現し、同年代との対決において無敗。

それが当時の桜井梨沙であった。

その評判が事実である事を、杉本は開始早々に悟ってしまう。

どんなに揺さぶろうとも、びくともしない。まるで地蔵にでも柔道着をまとわせたかのような手応《てごた》え。

どうやっても、彼女からポイントを取れる気がしなかった。その焦りは絶望となり裏返る。

杉本は思った。

自分は厳しい練習に耐えて地道な努力をしてきた。しかし、この桜井梨沙という女は何なのだろうか。

組んだだけで、それと解る凄《すさ》まじい才能。

そして、まったく何も考えていないような、うすらぼんやりとした眼差《まなざ》し。

まるで目の前にいる自分の姿が見えていないかのような……。

それに気がついたとき、杉本は腹の底から怒りが込みあげて来るのを感じた。

こっちは死ぬ思いで努力しているのに。

桜井梨沙に今まで積みあげたものを否定されたような気がした。

杉本の表情がよりいっそう、険しいものとなる。

その瞬間だった。今までまったく隙を見せていなかった桜井の重心が後ろへ流れた。


……行ける！


杉本はもっとも得意だった〝出足払《であしはらい》〟を放つ。

電光石火の居合抜きの如く、前に出た桜井の左足を刈り取ろうとした。タイミングは完璧《かんぺき》だった。

しかし、次の瞬間、杉本の右足は空を切る。同時に勝利への確信が粉々に砕け散った。


〝燕返《つばめがえし》〟


相手の出足払をすかし、反対に出足払で返す技。

その技名が脳裏を過《よぎ》った直後、杉本は畳にその身を横たえ、桜井梨沙を見あげていた。

何事もなかったような呑気《のんき》な表情で、胴着の襟元を正す桜井。

言い訳の余地なしの一本負け。

そのとき、杉本は思った。

こいつは、悪魔だ……と。

それ以降も杉本と桜井は何度も対戦する事となった。

しかし、彼女はどんなに練習をしようが、どんなに力を振り絞ろうが、桜井に勝つ事はできなかった。

【02】溢れる憎悪

中学生になっても、桜井梨沙は連戦連勝の負け知らずだった。

同じ階級の選手たちは誰もが彼女を倒す事を諦《あきら》めていた。それほど他とは実力の開きがあった。

一方の杉本も中学では柔道部に入り、死にもの狂いで練習を重ねたつもりだった。しかし桜井には、まったく歯が立たない。

中学二年の夏の大会が終わると、不甲斐《ふがい》ない自分に呆《あき》れて腐り、柔道への情熱を失う。部活の練習へも真面目に顔を出さなくなり、三年生や顧問の教師に呼び出され、その態度を咎《とが》められた。

中には杉本に対して、もっと努力を重ねれば必ず結果は出ると励ましてくれる者もいた。

しかし、彼女は、それらの言葉を耳にする度に、馬鹿にされているような気がした。

どんなに努力をしても桜井が存在する限り結果など出ない。それを杉本はうんざりするほど思い知らされてきたからだ。

そもそも、努力など、すでにやり尽くしたつもりでいた。これ以上、何をすれば良いというのか。

本物の才能の前では凡人の努力など無意味なのだ。

それが幼い頃から柔道をやってきた杉本が辿《たど》り着いた答えであった。

そうするうちに、杉本はとうとう柔道部を退部した。

この頃の彼女は、あんなに打ち込んでいた柔道が大嫌いになっていた。

どんなに努力しても、一部の才能ある人間しか報われないのなら、もうやっている意味がない。杉本はそんな風に諦めてしまった。

そして、柔道を辞めた事により、彼女の心は憑《つ》き物が落ちたかのように軽くなった。

もう自分は辛《つら》く厳しい練習をしなくてもよいのだ。

普通の中学二年生の女子みたく、お洒落《しゃれ》して、放課後も友だちと一緒の時間を過ごし、格好いい男の子に恋をして……。

そう考えると、未《いま》だに汗にまみれながら、痛い思いをしている桜井梨沙が惨めに思えた。

杉本は初めて彼女に対して優越感を味わう事ができた。そのまま、桜井梨沙の事など忘れるつもりだった。

そんな、ある日の事。

自宅で夕食を取っているとき、たまたま見ていたテレビのローカル情報番組で桜井梨沙の特集が放送された。

〝美少女アスリート〟

〝未来の金メダル候補〟

〝天才柔道少女〟

画面の中の桜井梨沙は、まさにダイアモンドの原石で、きらきらと輝いて見えた。

一方の自分は誰にも見向きもされない路傍の石。どこにでもいる普通の中学二年生。

柔道から逃げた自分が、急に惨めな負け犬のように思えてきた。

杉本の脳内で劣等感と敗北感が悲鳴をあげ始める。

すると、一緒にご飯を食べていた母親が何気ない調子で言った。

「……この子、藤見市だって。あなた、知ってる？」

その質問には答えず、杉本はリモコンでテレビを消して、無言で席を立つ。母親が何かを言っていたが無視して自室へと向かった。

部屋のドアに鍵《かぎ》をかけ、ベッドに身を投げると、そのまま右腕を大きく振りあげて叩《たた》きおろした。

◇◇◇

桜井梨沙を呪った犯人を探す。

それが姉の目的であると知った薫は頭を抱えたくなった。

彼女は桜井が選手生命を絶たれるほどの大怪我を負ったのは、呪われたからだと考えているらしい。

しかし、薫にはそう思えなかった。二年前に桜井を襲った事故は、残念ながら偶然に過ぎない。呪いなどこの世に存在する訳がないのだから。

だが問題はそこではない。

姉ならば、必ずやりとげる。

桜井梨沙を呪った犯人を探し出し、必ず復讐《ふくしゅう》を果たす。誰も思いもよらないような方法で。それぐらいの事はやってのける。

なぜなら姉は悪魔で、その悪魔の唯一無二の親友が桜井梨沙であるからだ。

呪いの実在はさておき、必ずろくでもない事になるのは明白だった。

そんな彼の懸念など露知らずといった様子で、対面の杉本奈緒が鼻を鳴らして笑う。

「呪いなんて……冗談でしょ？」

「でも、梨沙さんが引退を余儀なくされる大怪我を右膝《みぎひざ》に負ってしまった事は、あなたも知っているわよね？」

その言葉を聞いて杉本は肩を竦《すく》めた。

「偶然でしょ。いくら右膝を怪我したからって、呪いのせいだなんて。そんなの……」

「あの神社の境内では、他にも三体の藁《わら》人形を見つけたわ……」

「それが、どうかしたの？」

どこか挑発的な笑みを浮かべる杉本に対して、茅野は藁人形に名前が記されていた三人について、独自の調査で判明した事を語る。

もちろん、その際に白浜、鈴木、鏑木の氏名を伏せる事は忘れなかった。

その話を聞き終えた後、杉本は鼻を鳴らしてばっさりと切り捨てる。

「偶然よ。そんなの」

「……確かに、貴女《あなた》の言う通りすべて偶然かもしれないわ。だけど、もし、梨沙さんが呪われて、そのせいで柔道を引退しなければならなくなったとしたら、これはゆゆしき事なのよ」

当時の桜井梨沙は比類なき天才だった。その事は薫もよく知っていた。

「……ねえ、杉本さん。天才を殺すのは、いつだって凡人なの」

「凡人が……？」

杉本には、姉の言っている事がよく理解できていないようだった。

しかし、そんな事は、お構い無しに悪魔は言葉を紡ぐ。

「あのジョン・レノンを殺したのだって、くだらない妄想にとらわれたつまらない男だった。天才は常に、凡人によって虐げられる弱者でもあるのよ」

「天才が、虐げられる……？」

杉本の目つきが鋭さを増す。

それを見た茅野は不敵に微笑んで黙り込んだ。

薫には理由が解らなかったが、姉の言葉によって、杉本は機嫌を損ねてしまったらしい。空気がにわかに張りつめる。

気詰まりになった薫は……。

「あ、飲み物、取って来るけど、何がいいですか？」

にこやかな笑顔で二人の顔を見た。

◇◇◇

中学二年生のその日。

杉本奈緒は学校が終わると在来線に乗り、藤見市へ向かっていた。

目的はもちろん桜井梨沙に会う為だ。彼女に会って直接言ってやりたかった。

なぜ、自分のようにちゃんと努力をした人間が、苦しまなければならないのか。

どうして普通に生まれたというだけで、一部の才能を持つ人間に道を譲らなければならないのか。

弱者への配慮抜きに才能を振るうのは加害行為に他ならない。

杉本は面と向かって、その思いを桜井にぶつけるつもりだった。

藤見市に着いた頃には、既に夕暮れ時が近かった。

もうすぐ部活が終わる時間だ。今から彼女の通っている中学まで行けば丁度良いかもしれない。

杉本は駅からスマホを頼りに目的地を目指す。

そして、寂れた駅前から狭い路地をいくつか曲がったときだった。

正面の十字路の向こうから、おそろいのジャージを着た女子の集団が歩いてくるのが見えた。

その集団は十字路の手前で立ち止まると、手を振りながら別れの挨拶《あいさつ》を交わし合う。

そして、その中の一人が杉本の方へ向かってやってくる。他の者たちは右側の路地へと姿を消した。

そこで杉本は、自分の方へと近づいてくる女子の顔を見て立ち止まる。

桜井梨沙だ。

何と話しかけようか。

『久し振り』それとも『私の事を覚えてる？』

杉本の脳裏に様々な言葉が浮かんでは消える。突然の緊張で喉《のど》が詰まり、上手《うま》く喋《しゃべ》れそうにたかった。

そうこうするうちに桜井梨沙は、どんどんと近づいて来る。

もう時間がない。

そこで杉本は、自分からは話しかけない事を選択した。

自分から話しかけるのは、桜井梨沙に負けを認めたような気がしたからだ。

自分が桜井にわざわざ会いにきたのではない。桜井に贖罪《しょくざい》と懺悔《ざんげ》の機会を与えようとしているのはこちらなのだ。

そう考えた杉本は、桜井を見つめたまま、その場でじっと待った。

しかし、桜井梨沙はすれ違い様に彼女の顔を一瞥《いちべつ》しただけで、通り過ぎて行った。

杉本は絶句する。

試合で何度も対戦しているのだから、顔を覚えていないはずがない。

虫けらのように取るに足らない存在。そう言われたような気がした。

切なくて、情けなくて、声が出なかった。

杉本は歩き去る桜井梨沙の後ろ姿を見送りながら、いつの間にか泣いていた。

【03】呪いの力

薫が両手で三つのグラスをまとめて持ち、ドリンクバーの方へ向かう。

彼の気の利くところを見せられて、杉本の中で張りつめていたものが少しだけ和らぐ。

もうあと一年か二年も経てば、自分好みのイケメンになりそうだ。年下の彼氏というのも悪くないかもしれない。

今の彼氏は社会人で忙しく、なかなか一緒に過ごす時間が取れない。その事が、唯一にして最大の不満点だったからだ。

そんな事を考えながら何気なく薫の方を見ていると、茅野循が「ふふん」と鼻を鳴らす。

「私の自慢の弟、可愛いでしょう？」

「……ええ、まあ」

考えを見透かされたような気がして、杉本は引き攣《つ》った笑みを浮かべた。

「あの子、サッカー部のエースで異性から凄《すご》くモテるのだけれど、全然、恋人を作ろうとしないのよね」

「へえ……」

それは、どうしてなのか……と、杉本が質問しようとした直前だった。

先に茅野が口を開く。

「……それで、杉本さんは、どうかしら？」

「ど、どうとは？」

突然、話題の方向が変化して杉本は面食らう。

茅野は少し苛立《いらだ》たしげに言葉を発する。

「結局、貴女は、呪いをかけた犯人探しに協力する気があるのか、ないのか」

「いやいや、そもそも何で私に？」

「貴女ならば、知っているのではないかと思って。当時、柔道の大会などで、梨沙さんの実力に嫉妬《しっと》していた人や、彼女との試合結果に納得のいっていなかった人とか……」

「いや、だから、呪いなんて、この世に存在する訳がないって言ってるでしょ？」

そこで杉本は慎重に言葉を組み立てる。

「その企業の創業者の人は、いつ寿命が来てもおかしくないほどの老齢だったのよね？ブロガーの主婦は珍しい名前じゃないなら、本人かどうか解らない。元ホストのゴミは今も元気に馬鹿な女を騙《だま》している真っ最中かもしれない。呪いじゃなくて偶然よ。呪いが存在すると思うから藁人形が創業者とブロガーの死に関係があるように見えるだけでしょ？」

杉本はまくし立てる。

そこで薫がグラスを持って戻ってくる。

姉と杉本にグラスを配り、自分もオレンジジュースを手にして腰をおろす。

「あ、ガムシロップはちゃんと三つ入れたけど、よくかき混ぜてね」

「ありがとう」

薫に礼を述べた茅野循に向かって、杉本は問い質《ただ》す。

「だいたい、桜井さんを呪った相手を見つけてどうするつもりなの？　復讐《ふくしゅう》？　単なる偶然かもしれないのに？」

その言葉とは裏腹に、杉本は理解していた。

呪いは実在する。

なぜなら、あの夜、彼女は〝それ〟を見てしまったからだ。

◇◇◇

吐く息が白く、遠くから聞こえる貨物列車の走行音と自転車のチェーンの軋《きし》む音だけが夜闇に響き渡る。

心臓が高鳴り、吐き気がした。まるで柔道の試合前のように緊張感が高まる。

この日の夜、杉本が向かった先は、彼女の家からそう遠くない場所にある黒津神社であった。

その噂は市内でも有名で、今も境内では丑《うし》の刻参りが行われているのだという。

正直、呪いなど半信半疑だった。

しかし、杉本は桜井梨沙への憎しみを糧に自転車のペダルを力強く踏み込み、目的の場所へと近づいて行く。古びた住宅街の路地を抜けて、その外れの農道を進んだ。

そして、深夜の一時半過ぎに、ようやく黒津神社の境内へ続く石段の前へと辿《たど》り着いた。

自転車を停めて籠《かご》から鞄《かばん》を取り出す。

本来ならば白装束をまとい、頭に鉄輪《かなわ》を被《かぶ》り、そこに蠟燭《ろうそく》を立てて一本歯の下駄を履かなければならないらしい。

万全を期したい気持ちも当然ながらあった。しかし、そんな格好で夜間にうろつき、誰かに遭遇したところを想像すると、とても勇気がわかなかったので妥協した。

これは呪術《じゅじゅつ》ではなく自分が桜井梨沙を乗り越える為の通過儀礼なのだ。だから、正式な手順など意味をなさない。そう考えて、中途半端な自分を誤魔化す。

ともあれ、杉本は石段の横の茂みに自転車を倒して隠し、鞄から懐中電灯を取り出し石段をのぼった。

鳥居の前に立ち、誰もいない荒れ果てた境内を懐中電灯で照らした瞬間、唐突に恐怖が込みあげてくる。

社殿の裏から、縁の下から、木の裏から、狛犬《こまいぬ》の陰から……何か得体の知れない物が蠢《うご》めき這《は》い出てきそうな気がした。

しかし、ここで帰るのは、桜井梨沙に負けるような物だと気を入れ直して鳥居を潜り抜ける。

その瞬間、きん、と耳鳴りがして鼓膜が張りつめるような感覚がした。下腹から不快感が駆け上り、一回だけ悪阻《つわり》のように嘔吐《えず》く。

それでも、どうにか気を振り絞り、社殿の前まで行き、深呼吸をしながら手を合わせた。

するとと不思議と気持ちが落ち着いてくる。ここにきて、ようやく覚悟が決まったような気がした。

おあつらえ向きの木を見つけると、鞄から五寸釘《くぎ》を取り出し、あらかじめ準備していた桜井梨沙の名札を串刺《くしざ》しにした。

次に藁《わら》人形と木槌《きづち》を取り出し、名札を串刺しにした五寸釘を人形の右足にあてがう。

貫く場所を右足にした理由は特にない。最終的には四肢に釘を打ち、磔《はりつけ》にするつもりだった。薄暗くて手探りでやっていたら、たまたま右足からになったというだけだった。

ともあれ、ありったけの憎しみと妄執を込めて、杉本は木槌を振るった。

「思いしれ、思いしれっ！　思いしれっ!!」

才能のある者は、才能なき弱者を加害している。その報いを受ける義務と責任がある。

「苦しめ……苦しめ……私と同じぐらい苦しめ!!」

呪詛《じゅそ》の言葉と木槌を打つ音が境内の暗黒を震わせる。

そして、五寸釘が深々とめり込み、更なる一撃を杉本が振るおうとした、そのときだった。

ふわり、と杉本のうなじを生温《なまぬる》い風が撫《な》でつけた。

……ほんのすぐ近くで誰かが微笑んだような気がした。微《かす》かな笑い声が耳の穴の産毛を揺らしたのだ。

杉本は大きく目を見開き、そのままの格好で凍りつく。

眼前にある藁人形を打ちつけたばかりの木の幹。

その左側から白い右手が、にゅっと現れた。

木の後ろに何かがいる。

杉本は青白い血管の浮かんだ不気味な手の甲を見つめ続けた。

やがて、その白い右手は蜘蛛《くも》のように指を蠢めかせ、木の幹の表面をバタバタと這い回り、桜井梨沙の藁人形をぎゅっと掴《つか》んだ。

絶叫が轟《とどろ》く。

一拍遅れて、それが自分の悲鳴である事に気がついた。杉本は暗闇の中、全力で駆け出す。

わずかに木立の合間をぬって射す、遠くの町の明かりを頼りに。

恐怖のわめき声をあげ、涎《よだれ》を撒《ま》き散らしながら懸命に闇を走り抜ける。

「ああ……あ……あ……あああああっ！」

誰かが背後で笑っているような気がした。

惨めで、無様な自分自身を。しかし、怒りも劣等感も湧いてはこない。ただ、ひたすら恐怖心しかない。

杉本は一度も振り返らずに石段を一番下まで駆け下りる。

「はぁ……はぁ……はぁ……はぁ……」

膝《ひざ》に手を突き荒い息を地面に向かって吹きかける。

すると、腹が芋虫のように脈打ち、杉本奈緒は胃液を吐き散らした。

【04】人を呪わば

「だいたい、桜井さんを呪った相手を見つけてどうするつもりなの？　復讐？　単なる偶然かもしれないのに？」

その杉本の言葉に、茅野循は呆《あき》れ果てた様子で肩を竦《すく》める。

「これが偶然だと本気で思っているなら、自分の正気を疑った方がよいと思うけど」

「姉さん……ちょっと……」

薫が姉を窘《たしな》める。杉本も言い返す。

「正気を疑った方が良いのはそっちの方じゃない？　呪いが実在するなんて本気で考えているだなんて、これが中二病とかいうやつなの？」

「では、呪いではないと考えているならば、貴女《あなた》は梨沙さんの怪我の原因は何だと考えているの？」

「だから、偶然でしょ？」

「偶然というのはね、因果関係が不明であるという意味でしかないのよ」

「だから、桜井が怪我をしたのは車に轢《ひ》かれたからよ！　それ以上でもそれ以下でもない。事故が起こった原因は、運転手の不注意か、あいつの不注意かは知らないけど……そんな藁人形なんて関係ない！　関係があるはずがない!!」

杉本はヒステリックに叫び散らした。周囲の客の目が彼女に集まる。

薫がオロオロとしながら姉と杉本の顔を交互に見る。

「本当に、貴女はそう思っているの？」

すべてを見透かすような茅野の視線。まるで、心臓を射貫《いぬ》くかのような……。

「……どういう、意味……？」

少しだけ冷静になった杉本はトーンを下げて聞き返す。

「貴女、さっき質問したわね？　呪った相手を見つけてどうするつもりかって」

「ええ。それで？」

「別に復讐なんて、するつもりは毛頭ないわ」

「じゃあ、何で……」

「警告よ」

茅野は酷薄な笑みを浮かべる。

「何の、警告……？」

「人を呪わば穴二つ」

「は？」

「その諺《ことわざ》の通り、何の代償もなしに呪術を行使できるだなんて、思わない事ね」

「しっ、知らないわよ……私じゃないもの……」

呪術の行使には、必ず何らかの代償を支払わなければならない。

それについては杉本も、事前にネットで調べたときに知った。

しかし、黒津神社へ行ってから今まで、特に思いあたるような事は何もなかった。むしろ、幸せであったといえる。

大嫌いな柔道から逃れ、放課後や休日を好きなように過ごし、自分の事を大切にしてくれる彼氏もできた。

だいたい、あの夜の杉本は丑《うし》の刻参りの正式な手順を踏んでいない。

格好もジャージとベンチコートにスニーカーだった。

それに本来の丑の刻参りは、七晩も藁人形に五寸釘を打ち続けて、ようやく満願となる。あの夜以来、神社には一度も足を運んでいない。

それでも桜井の許《もと》に不幸が訪れたというならば、それは天罰なのだ。

ただ存在するだけで、大勢の罪なき弱者を苦しめる、才能を持った者への罰。

だから自分は何も悪くない。

そう杉本は思い込んでいた。

しかし、この日、茅野循のすべてを見透かすような視線に曝《さら》され、彼女の中の確固たる信念が、わずかに綻《ほころ》び始めていた。

茅野の瞳《ひとみ》。

色素の薄い。

それこそまるで、呪いのような、くすんだ赤。不吉な双眸《そうぼう》を見開き、茅野は話を続ける。

「……丑の刻参りを行った事を誰かに知られてしまえば、その呪いは跳ね返ってくる」

それも知っていた。

だが、その証拠はない。

杉本奈緒が桜井梨沙を呪おうとした証拠など、どこにも存在しないのだ。しかし、茅野がそれについて何らかの証拠を握っていたとしたらどうだろう。杉本の脳裏に疑念が膨れあがる。

例えば、どこかで自分の筆跡を手に入れて、藁人形の名札と照合されてしまっていたとしたら……。

少なくとも、わざわざSNSで呼び出すくらいなのだから、何らかの理由で自分の事を疑っていた可能性は充分にある。

もしも、そうであれば呪いは本当に自分へと跳ね返ってくる。ようやく杉本は、その可能性に思い至る。

「どうしたの？　顔色が悪いわよ？」

茅野の言葉の一言一言が、胸を鋭くえぐる。杉本は息も絶え絶えになりながら、やっとの事で首を横に振った。

すると、茅野が口角を歪《ゆが》める。そして、それが、まるで確定した未来であるかのように言い放った。

「……きっと、梨沙さんを呪った相手には、これからとても酷《ひど》い事が起こる」

「あ……あ……」

杉本は半開きの口から声にならない言葉を漏らす。

全身が総毛立ち、眩暈《めまい》がした。

見知ったはずの世界が歪む。そのまま何も言えずにいると、茅野が伝票をつかんで立ちあがる。

「私たちはそろそろ帰るわ。何か思い出せたら連絡を頂戴《ちょうだい》」

「ちょっと、姉さん……」

姉の突然の行動に戸惑いながら薫が椅子から腰を浮かせる。

そして、茅野は座ったままの杉本を見下ろしながら言う。

「貴女は顔色が優れないようだから、少し休んでいった方が良いわ。ドリンクのお金は私が払ってあげるから」

薫が申し訳なさそうに頭を下げた。

そのまま、二人は店を後にする。

杉本はしばらく放心していたが、ふとスマホを確認すると彼氏からメッセージが届いていた。

駅前のファミリーレストランにいると返信すると、すぐこちらに来てくれるらしい。

本当に彼は優しい。

「な……何が、警告よ」

もう桜井なんてどうでもいい。どうせ、得意だった柔道ができなくなって、惨めな暗い人生を送っているに違いない。勝ったのは自分の方だ。

杉本は身嗜《みだしな》みを整え直すために席を立つ。

気がつくと、入り口の硝子《ガラス》張りの向こうは夜陰の中に沈んでいた。席はディナーを楽しむ客たちで埋まりつつある。

そんな店内を足早に横切り、杉本はトイレに入って鏡の前に立つ。すると、そこには疲れ果てて、まるで赤の他人のような顔をした自分の姿があった。

それは、桜井梨沙に試合で負けた直後の、昔の自分のようだった。

【05】完全犯罪

県庁所在地より発車した在来線下りの車内は帰路に就く勤め人や学生でごった返していた。

茅野姉弟《きょうだい》は窓を背に長椅子の座席に並んで座っていた。その正面には吊革《つりかわ》に摑《つか》まる人の壁が連なっている。

そのまま、二人は無言で藤見駅に到着した。

他の乗客と一緒にホームに吐き出され、改札を潜り抜けた後、薫は我慢できずに姉へと質問した。

「……ねえ、姉さん。今日は結局、何だったの？」

彼の知っている姉はいつも冷静沈着で、無駄な事など悪ふざけ以外にしない人間だ。

姉の目的が本当に〝桜井梨沙を呪った相手を探す事〟ならば、今日の杉本とのやりとりはあまりにも彼女らしくない。

単に杉本を感情的に煽《あお》っただけ。そんな風に感じられた。

やはり、唯一の友人である桜井梨沙の事となると、姉も冷静ではいられないという事なのか。

しかし、そんな彼の想像を裏切るかのように茅野循は邪悪な笑みを浮かべた。

「薫、貴方《あなた》は〝ノーシーボ効果〟という言葉を知っているかしら」

「ああ。プラシーボ効果の逆だね」

「そうね」

そのまま、茅野姉弟は駅構内から外に出ると、ロータリーの右側にある地下通路へと向かう。駅裏の駐輪場を目指した。

その間も茅野循は語り続ける。

「……がんと誤診を受けて死んだ健康な男や、傷をまったく負っていないのに出血性のショック死をした死刑囚……思い込みの力だけで、人は容易に死んでしまう。呪いを科学的に解釈すると、このノーシーボ効果という事になるわ。〝呪われた〟という思い込みが、悪い相乗効果を呼び込む」

ここまでは薫も雑学として知っていた。

しかし、だから何だというのか。

姉の言わんとしている事が解らない。

そこで、薫は少しだけ思案したのちに、ようやく彼女の意図に気がつく。

「まさか、姉さん……」

「あら、何かしら」

まるで無垢《むく》な少女のようにクスクスと笑う茅野循。

「もしかして、桜井さんに怨《うら》みを持っていそうな人、全員に今日と同じ話をするつもりなの!?」

「流石は私の大好きな弟ね」

薫は改めて思った。

やはり、姉は悪魔であると。

茅野循は何の比喩《ひゆ》でも冗談でもなく、桜井梨沙を呪った相手に、その呪いを返そうとしていたのだ。

「姉さんは桜井さんを怨んでいそうな人に片っ端からプレッシャーをかけようと……」

それによって〝呪いが跳ね返る〟と思い込ませる事により、犯人にノーシーボ効果をもたらす。

「梨沙さんを呪う為に、わざわざ面倒臭い儀式を行ったのだから、その力を強く信じているという事よ」

それは、桜井梨沙を呪った犯人にしか効かない猛毒だった。

「でも、もしも、桜井さんの事故と丑の刻参りとの間に、本当に因果関係がなかったとしたら？　それなら、藁《わら》人形を打った人は何もしていないのに、呪いを返されたって思い込む事になるんじゃあ……」

その弟の言葉に茅野は一瞬の迷いもなく答える。

「呪いが実在するか否か、梨沙さんの事故が偶然か呪いか……そんな事は関係ないわ」

「関係ないって……」

「あの藁人形を黒津神社で打ち付けた犯人は、私の大切な友人に銃を向けて引き金をひいた。たとえその銃に弾丸が込められていなくても同じ事よ。私の友人を殺そうとした」

「じゃあ、姉さんは、本当に、今日みたいに桜井さんを怨んでいそうな人全員に会うつもりなの？」

答えは解りきっている。姉ならきっとこの復讐《ふくしゅう》をやりとげる。

しかし、その予想に反して茅野循は首を横に振った。

「それは今日でおしまいね。なぜなら、梨沙さんの藁人形を打ったのは十中八九、杉本奈緒で間違いはないからよ」

「え？　何で……」

「梨沙さんの名札が貼られた藁人形に打たれていた五寸釘《くぎ》は、右足に突き刺さっていた」

「右足に？」

「そう。右足だけによ。理由は解らないけれど。それは兎《と》も角として、彼女、こんな事を言っていたわ」

『偶然でしょ。いくら右膝《みぎひざ》を怪我したからって、呪いのせいだなんて。そんなの……』

「……それが、どうしたの？」

「私は、一言も五寸釘が藁人形の右足だけに突き刺さっていただなんて、言った覚えはないわ」

「ああ……」

　薫にも解ってしまった。杉本の発言の不自然さが。

「……にも拘《かか》わらず、まるで梨沙さんが右膝に怪我を負った事に特別な符合があるような言い方をしていた」

「確かに藁人形の右足だけに五寸釘が刺してあるのは一般的なイメージとは言えないか

も。普通なら胴体とか……」

「それか、四肢のすべてに釘を打ちつけて磔《はりつけ》にする様を想像するのが普通じゃないかしら？」

「じゃあ、少なくとも杉本さんは、桜井さんの藁人形の右足のみに五寸釘が打たれていた事を知っていた可能性が高い……」

弟の言葉に、茅野は満足げな様子で首肯する。

「もっとも、梨沙さんの怪我が偶然などではなく、本当に呪いが原因だったとしたら私の言葉なんて、まるで意味はないわ。きっと、彼女は手痛いしっぺ返しをくらう事となる。必ずね」

そうじゃないと釣り合いが取れないもの……と、茅野循は微笑む。

そこで、薫は理解する。

ノーシーボ効果は単なる保険なのだ。呪いの力が存在しなかったときのための。

そして、この悪魔は、これから先、杉本が無惨な死をとげたと知っても眉《まゆ》一つ動かさないのだろう。

背筋にうすら寒い物を感じつつ、駅裏へと続く地下道の階段を登る。そこで、新たな疑問が頭の中に浮かんだ。

「……そういえば、姉さん」

「何かしら？」

「もう一つ、疑問があるんだけど……」

「だから何？　言って頂戴《ちょうだい》」

「何で、僕を連れてきたの？　僕っている意味あった？」

茅野は弟の方を向いて悪戯《いたずら》っぽく笑う。

「それは、一人で杉本さんに会いに行くのが怖かったからよ。だって、相手は面倒な儀式をしてまで他人を呪うような危険人物なのかもしれないのに……だから、頼りになる弟についてきてもらいたかったの。梨沙さん本人に頼む訳にもいかないでしょ？」

そう言って茅野循は、まるで天使のように微笑んだ。

「薫。今日は、ありがとうね」

悪魔に似つかわしくない素直な言葉。

その不意打ちに、薫は照れ臭くなり、しどろもどろになって受け答えた。

「え、うん……ま、まあ……」

すると、姉は急に半眼で唇を尖《とが》らせる。

「それにしても、普段、私がいくら遊びに誘っても、ぜんぜん乗って来ないのに、憧《あこが》れの梨沙さんの事となると二つ返事なのね」

「えっ、それは……違」

不意を突かれて、大きく目を見開き、姉の横顔を見た。すると、彼女は口元に手を当てて、くすくすと笑う。

「いいのよ？　誤魔化さなくて。本当に貴方《あなた》はいつまで経っても、私の可愛い弟ね」

薫の頬が一気に紅潮する。

彼は思った。

だから、この姉《あくま》は苦手なのだと……。

◇◇◇

『洋食、喫茶うさぎの家』

藤見市の繁華街から少し外れた昔ながらの住宅街の一角に所在する。

ディナーのピークが過ぎて、客足は少し落ち着いていた。

その厨房《ちゅうぼう》でフライパンを振るい、波打つナポリタンの中でタコさんウインナーを泳がせるのは桜井梨沙である。

ケチャップが煮詰まり、芳《こう》ばしい香りが立ってくると醬油《しょうゆ》を鍋《なべ》肌沿いにそそぎ、フライパンを傾けて焦がす。

手早くトングで混ぜてから、均等に二つの皿に盛りつけた。

そして、厨房の奥で黙々とキャベツの繊切りに勤《いそ》しむ中年男に声をかけてカウンターへと出る。

それから、奇妙な歌を口ずさみながら、カウンター席に並んで座る、茅野姉弟《きょうだい》の前に二つの皿を置く。

「ここはとあるレストラン♪　人気メニューはナポリタン♪」

「梨沙さん、それはいけないわ」

そう突っ込みつつ、茅野循はナポリタンにタバスコを大量にぶっかけ始める。

薫は二人のやりとりが意味不明だったのか、少し首を傾げてから、フォークに絡めたパスタを、ふー、ふーとし始めた。

茅野たちが桜井のアルバイト先にやって来たのは、ついさっきの事だった。どうも夕食の準備が面倒になったらしい。常日頃から「最近、弟が構ってくれない」と彼女に愚痴られていたので、珍しい事もあるものだと思いつつ、桜井は厨房へと戻ろうとした。

すると、薫に呼び止められる。

「ところで桜井さん」

「なーに？」

「今日は珍しく眼鏡なんだね」

薫の指摘通り、この日の桜井は普段とは違いリムレスタイプの眼鏡をかけていた。実は彼女の視力はかなり悪く、裸眼だと目の前にいる人の顔すら判別する事ができない。

「……コンタクト切らしてるの忘れててさあ」

桜井が照れ臭そうに笑う。すると、茅野が呆《あき》れた様子で言った。

「たまに梨沙さんは、コンタクトどころか眼鏡すら忘れるときがあるわ」

そこで、入り口近くのレジにいた女性が声をあげる。

「梨沙。今日はしめ作業はいいから、二人を送っていってあげなさい。最近はここら辺も物騒だから」

彼女は桜井梨沙の実姉である武井《たけい》智子《ともこ》である。下手をすると十代半ばにすら見える容姿は、妹の梨沙とよく似ていた。

因《ちな》みに厨房でキャベツを繊切りしていたのが、智子の旦那《だんな》である武井建三《けんぞう》であった。元自衛官で柔道と剣道の有段者でもある寡黙な男だ。

桜井の姉夫婦にあたる二人は、この店の経営者でもある。

その姉の言葉に、桜井は「はーい」と返事をする。そして、茅野たちに向かって言った。

「という訳で、もう少しで上がりだから、珈琲《コーヒー》でも飲んで待っててよ」

そこで茅野が口を開いた。

「梨沙さん」

「何？」

茅野は桜井に問う。

「貴女《あなた》は、杉本奈緒さんって、覚えているかしら？」

その質問に、桜井は少しだけ記憶を反芻《はんすう》したあとで、こう答えた。

「ああ。あの柔道の！　覚えてるよ。むき出しの闘志が凄《すご》くて、いつも侮れない相手だったよ」

そして、現役時代を思い出したのか少し切なげに目を細め、彼女について更に続けた。

「今も柔道続けてるかな？　きっと、もっと強くなってるだろうな」

その言葉を聞いて、茅野姉弟は何とも言えない表情で顔を見合わせるのだった。

【06】　後日譚

日付が変わり金曜日になった。

鏑木克己は国道を疾走するミニバンのハンドルを握り、助手席に座る杉本奈緒の話を適当に聞き流していた。

悪友の『ＪＫはシャワーの水滴を肌で弾《はじ》く』という言葉に惹《ひ》かれ、ナンパで適当に引っかけた杉本と戯れに付き合ってはみたが、今はうんざりとしていた。

基本的に女子高生は収入がないので、金ばかりかかる。

鏑木は常に最低一人はＡＴＭ女をキープしているので経済的な問題はない。

だが、それよりも、話題がことごとくつまらない。

今も「クラスの女子の誰々がむかつく」だの「教師の何々がキモい」だの「親が五月《う》蝿《るさ》い」だの、幼稚な愚痴を一方的にまくし立ててくる。

そろそろ、この女も適当な後輩に払い下げてやるのも悪くないかもしれない。

あえて手酷《ひど》い別れ方をして、後輩に慰めさせる。

この手の馬鹿な女は、大抵その手法で処理できる事を彼はよく知っていた。

「ねえ、みーくん、聞いてるの？」

杉本が助手席で拗《す》ねた甘え声を出した。

鏑木は横目で、あざといアヒル口を作る杉本を睨《にら》みつけ、不機嫌そうに言葉を返す。

「今、運転中なんだから集中させろ」

「ねぇー、久し振りに会えたのに、どうしてそういう事、言うの？」

鏑木は「ちっ」と露骨な舌打ちをする。

すると、その瞬間だった。

突然、自分のものではない右手がハンドルを握って切る。

鏑木は慌ててブレーキを踏んで、怒声をあげた。

「何すんだ馬鹿野郎！」

最初は杉本が構って欲しくて、分別のない悪戯をしたのだと思った。

しかし、ハンドルを握ったままの右手を見た途端、鏑木は言葉を失う。

その右手は杉本のものではなかったからだ。

青白い血管の浮き出た不気味な白い手。

それは、助手席と運転席の隙間から伸びていた。

杉本も恐怖に顔を歪《ゆが》め、両手で口元を押さえている。

後部座席に何かがいる。

鏑木が恐る恐るルームミラーを覗《のぞ》き込んだ瞬間、目映《まばゆ》いヘッドライトが視界を白く塗り潰《つぶ》す。けたたましいクラクションと共にブレーキ音が鳴り響いた。

センターラインを乗り越えていたミニバンに大型トレーラーが迫る――

◇◇◇

気がつくと割れたサイドウインドから遠くの雲間に月が見えた。それは満月になりかけの中途半端な月だった。

全身が重い。熾火《おきび》のようにくすぶっていた痛みが蘇《よみがえ》りつつある。

その恐怖を堪《こら》えながら、杉本奈緒は瞬《まばた》きを繰り返し、自分の置かれた状況を把握する。

「あ……ううう……」

運転席から鏑木の呻《うめ》きが聞こえたが、彼が今どうなっているか解らない。まったく身動きが取れないからだ。

こうなる直前に見た白い右手。あれは、あの神社で目にした物と同じだった。

「な……あ、あ……あ……」

鏑木の言葉にならない呻き。

事故が起こる寸前の彼の横顔がふと脳裏を過《よぎ》る。ルームミラーを覗き込んだ鏑木の表情には凄《すさ》まじい恐怖が張りついていた。彼はあの瞬間に何を見てしまったのだろうか。

杉本には、それがどんなものであったのか想像できなかった。しかし、それが何かは良く理解していた。

本物の呪い。

あの廃神社に住まう呪詛《じゅそ》。

『人を呪わば穴二つ』

茅野の言葉が杉本の脳裏に甦《よみがえ》る。

これは呪い返しなのか。呪いを行使した対価を支払わされているのか。それとも、その両方なのか。

杉本には判然としない。

しかし、彼女にとって、ひとつだけ確実な事があった。

「こ……こんなの、不公平だよ……」

既におかしくなりそうな程の痛みが全身を包み込み、のたうち回りたかった。

思いきって、無理に身体を捩《よじ》ると激しくむせ返り、気絶寸前の痛みと共に血反吐《へど》を霧吹きのように噴き散らす。

その瞬間、凹《へこ》んだドアの内側が深く脇腹にめり込んでいるのが感触で解った。

「な、何で……私だけ……こんなの……世界は間違って……おか、おかしいよ……おかしい……私だけ、こんな……私、何もしてないのに……」

杉本の瞳《ひとみ》から滂沱《ぼうだ》の涙が溢《あふ》れる。

恵まれない凡庸な弱者の代わりに苦しまなければならないのは、才能を持った恵まれた強者であるべきだ。

そうでなくては、釣り合いが取れない。不平等ではないか。

しかし、世の中は彼女が考えているより、ずっと無情で甘くはなかった。

騒がしい人の声が聞こえるが、誰も助けは来ない。

「……何で桜井は右足一本だけで済んで、私だけこんな……」

結局は才能のある者だけが報われて、凡人は理不尽な運命に虐げられる。

何と残酷な世界であった事か……。

杉本は独りで勝手に世界を呪い、運命に絶望した。

「何で、私ばっかり……」

その言葉と同時に猛スピードで事故現場に突っ込んできた軽トラックが、助手席のドアに衝突した。

ひしゃげたドアが更に杉本の腹部を押し潰し、臓器に致死の損傷を与えた。

それは、今際《いまわ》の際だった。

杉本の脳裏に蘇った光景は、彼女がまだ幼き日の事だった。

その日、近くの市民体育館で行われた柔道教室に初めて連れて行ってもらった帰り道。

夕暮れの住宅街の路地だった。

もう何年も前に他界した祖父が満面の笑顔で杉本の頭に優しく手を置いて、こう言った。

「奈緒ちゃんには、才能があるよ。柔道、続けなさい」

■report　黒津神社

農耕が盛んな土地には神社が多くある。

これは農薬や肥料などが存在しなかった頃、農業はまさに神頼みであったからだ。

昔の人々は天に祈りを捧《ささ》げ、雨や日照、そして豊作を真剣に願ったのであった。

しかし、近年の少子高齢化からくる担い手不足により、管理者のいない神社が増えている。

本稿で紹介する黒津神社も、かつては農民たちのせつなる願いを受け止める為に作られたのであろう。

しかし、今ではうらぶれており、その頃の面影は微塵《みじん》も見られない。

それどころか夜な夜な丑《うし》の刻参りが行われる恐怖スポットとして、その名前を轟《とどろ》かせている。

なお、数年前に東京のある映像製作会社が心霊ドキュメントの取材に訪れている事が、近隣住民の証言により判明している。

しかし、なぜかその時撮影された映像はお蔵入りとなったままだ。

危険度ランク【A】

File3

亡者の家

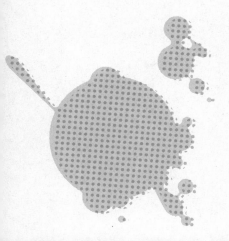

【00】発端

物音がした。

引き戸が開く音だ。誰かが部屋に入ってきたのだ。

押し入れの中で少年は耳を澄まし、少しだけ開いた襖《ふすま》から外の様子を窺《うかが》った。

その途端、何かが焼け焦げる臭いが微《かす》かに鼻をついた。脳裏に火葬場という言葉が思い浮かんだが、その不吉なイメージを即座に振り払い目を凝らす。

誰かが畳の上を歩き回っている。

耳の穴を綿棒で擽《くすぐ》るかのような、微かな足音が聞こえる。

不意に暗闇がぼんやりと明るくなり砂嵐の音がした。消えていたはずのテレビのノイズだ。

古いブラウン管タイプの物で、四年後の地上デジタル放送完全移行後は瓦落多《がらくた》と化してしまう骨董品《こっとう》である。

その画面から放たれる薄ぼんやりとした明かりが、室内をほんのりと照らす。

黒い影だ。両手と頭を垂れて、畳の上で円を描くように歩き回っている。

この日、少年以外の家人は留守のはずだった。では、あれは誰だ……などと問うまでもない。

少年は、ごくりと唾《つば》を飲み込んだ。すると、喉《のど》がささくれたように渇いている事に気がつく。そこで、思い出す。

わずかな明かりを頼りに持ち込んだペットボトルを握り、キャップを取った。渇いた喉を鳴らし、ペットボトルの中身を急いで口に含む。

ふとブルーライトの中に浮かびあがった時刻表示が目に映る。

午前三時四分。

その瞬間だった。黒い影が、ぴたりと足を止め、彼の隠れる押し入れの方を向いた。

少年は頬を膨らませたまま凍りつく。

黒い影の強烈な視線を感じる。

息苦しさを覚えて口の中に含んだ物を吐き出しそうになるも、必死に我慢し続けた。

そのまま襖の隙間越しに彼は黒い影と睨《にら》み合う。すると、次第に火葬場の臭いはどんどん強くなり、視界にもやが懸かっている事に気がつく。

もしかしたら、本当に火事なのかもしれない。

そんな懸念が頭を過《よぎ》った直後だった。

少年は盛大に噎《む》せ返り、口の中に含んだ物を吐き出した。

◇　◇　◇

動画が始まった。

タイマーのカウントと共にシークバーが右へ移動し始める。

画面中央の男が口を開いた。

波打った長髪で、丸眼鏡を掛けた神経質そうな容姿だった。

雑な挨拶《あいさつ》のあと、男は身振り手振りを交えて何気ないトークを開始した。そのまま、カメラ目線で後ろ向きに歩き始める。カメラも彼を追う。

男によれば、そこは河川の堤防に沿った舗道らしい。雑草の生い茂った斜面が画面右端に見切れていて、その反対側には古びたブロック塀や生け垣が連なっている。空には薄墨の雲が懸かり、路面には水溜《みずた》まりができていた。

どうやら、撮影日は雨上がりのようだ。天気は重々しいが、男のトークは軽快だった。

動画は滞りなく進んでいった。

そして、それは再生開始から二分が過ぎた頃だった。

男は足を止め、画面左側を指し示す。その動きに合わせてカメラがパンする。

画面に映し出されたのは、高いブロック塀と荒れた庭先の向こうに佇《たたず》む廃屋であった。

青い瓦《かわら》屋根で、見える範囲の窓硝子《ガラス》はすべて割れていた。

外壁の随所にカラースプレーで落書きがされており、二階の窓の周囲が煤《すす》けて黒ずんでいた。

そして、男が門柱の前に立って語り始める。

『えー、という訳で、今回はこの〝亡者の家〟へと潜入してみたいと思います。立ち入った者は、亡者に取り憑《つ》かれ、人が変わったように鬱《ふさ》ぎ込んだり、体調に異変をきたすと言われています。一説によれば、十二年前に起こった火災で亡くなった元住人の霊が今も彷徨《さまよ》っており、みだりに足を踏み入れた者に霊障をもたらすとされていますが、噂の真偽は如何《いか》に……では、さっそく行ってみましょう』

そう言って男は画面に背を向けて錆《さ》びついた格子の門扉を開け、門の内側へと足を踏み入れた。カメラも彼の後に続く。

すると、そこで画面下部に『＊権利者の了承を得た上で撮影しています』という白字が表示された。

そして、雑草の中に埋もれた石畳を渡り、庇《ひさし》を潜り、薄暗いエントランスへ辿《たど》り着いた後だった。

開け放たれた玄関前で男が振り向き、神妙な顔つきで左側の壁を指差す。

『うわー……これ』

再びカメラがパンして、そちらの壁を映し出す。

そこには赤いスプレーで、こんな落書きがされていた。

〝きけん！　モウジャに喰《く》われるぞ！〟

【01】本物の霊能者

月明かりが雲間から差し込む中、六両編成の電車が広大な田園風景を割って続く線路を渡る。

その車窓から覗《のぞ》く景色は、闇夜に沈んだ稲の大海原から、黄ばんだ明かりを漏らす住宅街へと移り変わっていった。

すると、車内アナウンスが響き渡り、電車は減速を始め、陸橋を潜り抜けて小さな駅の三番線ホームに到着した。

その開かれたドアから姿を現したのは、ルイ・ヴィトンの旅行鞄《かばん》を手にした黒いワンピース姿の女であった。

ダークブロンドの髪をしており、そのはっきりとした顔立ちは異国の血を感じさせた。この県庁所在地より三十キロほど離れた片田舎の藤見市には似つかわしくない風貌《ふうぼう》である。

彼女の名前は九尾天全《きゅうびてんぜん》。

本物の霊能者であり、業界きっての腕利きとして知られる。

都内某所で占いショップを営む傍ら除霊を請け負う彼女は、依頼者と会うために、この日本海側の田舎町へとやって来た。本来ならもう少し早く来訪する予定であったが、前の仕事が長引いてしまったのだ。

さっそく地下連絡路を渡り一番線へ。この駅唯一の改札を潜り抜ける。

今回の依頼者の名前は冨田《とみた》慶吾《けいご》といった。

どうやら実家で農業を手伝う傍ら『The Haunted Seeker』という心霊系のチャンネルで動画を投稿しているらしい。

その動画撮影のために心霊スポットに足を踏み入れてから、おかしな事が起こり始めたのだという。

昨今では、こうした動画投稿者からの依頼は増加傾向にあった。

この手の仕事は簡単に終わる事が多いが、稀《まれ》に恐ろしく拗《こじ》れる事もある。

油断はならないと気を引き締めて、九尾は駅構内から、ロータリーの左側にあるバス停留所の、そのまた奥の一際背の高い建物を目指した。

『藤見第一ホテル』

この日の彼女の宿泊先であり、その一階のロビーが依頼人との待ち合わせ場所であった。

九尾はカウンターでチェックインを済ませると、そのまま待ち合わせ場所へと向かった。

◇◇◇

応接のテーブル越しに向き合った冨田慶吾は農家らしく良く日に焼けた若者であったが、その顔つきは健康的というには程遠かった。陰鬱《いんうつ》な表情で背を丸める彼は、どこか捨てられた老犬を思い起こさせる。

定型的な挨拶が終わると、さっそく冨田の方から話を切り出してきた。

「……おかしな事になっているのは、俺じゃなくて、一緒に動画制作をやっている友人の方なんです」

その友人の名前は堀光明《ほりみつあき》。

いくつかバイトを掛け持ちするフリーターで、スウェーデン堀という名前で動画に出演しているらしい。因《ちな》みに冨田は撮影や編集、その他の裏方仕事を一手に引き受けているのだそうだ。

「その堀が二週間前の撮影の後から、視界の端に変な影が見えるって言い出して……」

「影……？」

九尾が言葉を繰り返すと、冨田は神妙な顔で頷《うなず》く。

「気になって、その影を正面で捉《とら》えようとすると、消え失《う》せるそうなんですけど」

最初は気のせいだと思っていたらしい。しかし、その影が視界の真ん中に移動し始めたのだという。

「……見知らぬ男の顔だったらしいです」

九尾は息を呑《の》んだ。冨田の話は更に続く。

「しまいには、その男の笑い声が聞こえるとか言い始めて……」

それが五日前の事なのだという。この頃になると、堀は一睡もできず、常に苛立《いらだ》ち、まるで人が変わったようになってしまったらしい。

「それで、一昨日から連絡が取れなくなってしまって……」

思ったより事態は深刻であるらしい。

「何度か連絡を取ろうとしたんですが、返事がなくって。自宅にはいるみたいなんですけど、顔を出してくれません」

そう言って、困り顔のまま俯《うつむ》く冨田。

九尾は「ふむ」と鹿爪らしい顔で頷き、立ち上がった。そして、すがるような眼差《まなざ》しで見あげる冨田に向かって言う。

「……取《あ》り敢えず、その堀さんのお宅へ案内してください」

「あ、はい」

冨田は慌てて立ちあがった。

そのまま、二人は駐車場へと向かう。

◇◇◇

堀光明の住むアパートは駅から少し離れた自衛隊の駐屯地の近くにあった。昔ながらの古びた住宅街の一角に佇《たたず》む何の変哲もない二階建てのワンルームアパートだ。

灰色の細長い外観で、敷地の奥に横たわる姿はまるで倒れた墓石のようだった。

その駐車場に降り立ち、アパートの方へ視線を向けた瞬間、九尾は聞くまでもなく堀がどの部屋で暮らしているのかを理解した。

二階の真ん中にある部屋から禍々《まがまが》しい気配が感じられた。それは闇に染まった空の下でも、はっきりと見て取れる。

九尾は何も言わずにアパートの外階段に向かって歩き始めた。

「……あ、九尾先生、待ってください」

運転席から降りたばかりの冨田が慌てて後を追う。そのまま、問題の二階の部屋の前に立つ二人。

九尾は躊躇《ちゅうちょ》なくインターフォンを押した。反応はない。窓にも明かりは灯《とも》っていなかった。

魚眼レンズのついた古い扉板を叩《たた》きながら呼びかける。

「堀さん！　堀さん！」

やはり、リアクションはない。そこで、冨田と位置を入れ替わり、今度は彼が呼びかけ始める。

「おい！　堀！　霊能者の先生を連れてきたぞ!?　開けろ！　いるんだろ!?」

やはり返事はなかった。

「留守なんですかね」

九尾の言葉に冨田は苦々しい顔で舌を打つと、スマホを取り出して堀に電話をし始めた。何コール待っても、彼が電話口に出る事はなかった。しかし……。

「……今、何か聞こえませんでした？」

九尾が耳をそばだてる。すると、微《かす》かに堀の部屋の扉越しにスマホの呼び出し音が聞こえてくるではないか。

冨田は怪訝《けげん》な顔つきで扉を見据えながら、スマホを耳からおろした。その直後、がちゃり……と、ドアノブが回る。

息を呑む冨田と九尾。

その瞬間だった。

「ああああああー！　うるせぇー！」

常軌を逸した絶叫が轟《とどろ》き、勢いよく扉が開いた。

その扉板に冨田は顔をぶつけ、よろめきながら後退《あとずさ》りした。

すると、扉口の奥の暗闇から、ざんばら髪で丸眼鏡のスウェットを着た男が姿を現す。

堀光明であった。

完全に目が据わっており、唇の端がヒクヒクと痙攣《けいれん》している。

「……お前も、あいつらの仲間なんだろ⁉」

その言葉に冨田は鼻を擦《さす》りながら涙声で返答する。

「あいつら？　堀、お前、いったい何を言ってるんだよ……」

「あいつらの仲間だって、聞いてるんだよ！」

聞く耳を持たない。そこで九尾が優しい口調で語りかける。

「堀さん、落ち着いてください……」

すると、堀は九尾に向かって「うるせえ！　全員、ぶっ殺してやる！」と叫び散らし、冨田に向かって殴り掛かった。

【02】捕り物

少しだけ欠けた月が闇夜にあいた穴のように見える。外気の温度は日中よりも随分と低く感じられたが充分に生温《なまぬる》いと言えた。

茅野姉弟《きょうだい》は、バイトが終わった桜井梨沙と共に『洋食、喫茶うさぎの家』を出る。

桜井の家はこの店から徒歩十分程の場所にある自衛隊駐屯地のすぐ近くにあった。

一方、茅野姉弟の家は駅裏にあり、もう少し遠い。

この藤見市の中心部は、かつて城下町だった名残か路地は細く、迷路のように無駄に入り組んでいる。既に夜はふけており、明かりは外灯のみで薄暗い。

徒歩の桜井に合わせて、茅野姉弟は自転車を引いて歩く。

「次はどんなスポットへ行く？」

「いろいろ、候補はピックアップしているわ」

茅野循が桜井の質問に答えた。

すると、弟の薫は訝《いぶか》しげな顔をして姉に向かって言う。

「何の話？　また桜井さんを巻き込んで、変な事をしようとしているんでしょ？」

「違うわ、薫。部活動の話よ」

茅野は弟の言葉に肩を竦《すく》め、桜井も首を縦に動かす。

「そうそう」

すると、薫は驚いた様子で声をあげた。

「部活!?　何の!?」

その直後だった。

前方の路地の向こうから女の悲鳴が聞こえた。

「むっ」

桜井は神妙な表情で前方の薄暗がりを見据える。

三人は足を止めて固唾《かたず》を呑んだ。

すると、前方から黒いワンピースを着た女が駆けて来る。

そして、その後ろから男が追い駆けて来るではないか。スウェットを着ており、波うった長髪を振り乱し、目つきがまともではなかった。その男が顔を真っ赤にしながら叫ぶ。

「おらっ！　待てこのクソアマ！」

次に逃げてきた女が三人に向かって声をあげた。

「助けて！　警察呼んで！」

その直後だった。女が走りながら後ろの様子を窺《うかが》おうとした。すると、足がもつれ、そのまま路面に倒れ込む。

見事なこけっぷりであった。結果、彼女は強《した》かに頭を打ってしまう。

それを見た茅野は、何かの司令官のように右手を前方へと振りかざす。

「梨沙さん、出撃よ！」

「がってん！」

桜井は駆け出す。その古臭い返事に薫が目を丸くする。

「が、がってん……？」

ともあれ、桜井は男の前に立ちはだかる。茅野姉弟はというと、循は冷静に倒れたまま動かない女の状態を確認して救急へ連絡。薫は警察へ電話をしていた。

しかし、追ってきた男はそれすら見えていない様子で桜井に対してわめき散らす。

「……んだよ、オメーも、あいつらの仲間か!?」

目が血走っており、明らかに冷静ではない。しかし桜井はまったく臆《おく》する事なく言い放った。

「警察に捕まるか、ここは大人しく退《ひ》いて、あとで警察に捕まるか、とにかくひたすら警察に捕まるか、どれか好きなの選んで！」

「テメー、ふざけてんのかッ！」

男が桜井に右手を伸ばす。

桜井は易々と袖《そで》を取り、左手で襟元を捻《ひね》りあげた。あっさりと〝体落《たいおとし》〟で投げ飛ばし、流れるように腕ひしぎへと移行する。

「たたた……離せッ！　テメー何なんだよッ！　クソッ！」

「久々に燃えてきた！」

興奮したらしい桜井の技に男は喚《わめ》き散らす。

「ギブ、ギブ、マジで止めて……本当に止めてぇ……お前、何なのマジで……握力……握力がおかしいって！　お前の握力!!」

男が半泣きになる。その光景を見て茅野は言い放った。

「見なさい、薫。あれが桜井梨沙という女よ！」

「……前から思ってたけど、桜井さん、まだ充分、現役で行けるんじゃないかな」

薫は苦笑しながら桜井の勇姿を眺めていた。

そうするうちに、サイレンの音が近づいてくる。

駆けつけた警官は、大の男に小柄な少女が路上で腕ひしぎをかける光景を見て唖然《あぜん》としていた。

それから、その場で事情聴取に応じる三人。

因みに桜井は「やり過ぎ」と警察官に怒られた。

それから、後日連絡があるかもしれない旨を告げられて解放される。倒れた女はそのまま救急車で運ばれて行った。

【03】 ホーンテッドシーカー

翌日。

金曜日の放課後だった。

オカルト研究会部室では、思い思いの時間を過ごす二人の姿があった。

茅野はたっぷりと甘くした珈琲《コーヒー》をお供にタブレットで動画鑑賞をし、桜井の方はコンビニで買ってきた新作カップラーメンに挑もうとしていた。ネックストラップのスマホでタイマーを三分にセットする。

冷房の送風音以外は何も聞こえない。

そんな気だるい沈黙を打ち破ったのは茅野の一声であった。

「梨沙さん」

桜井が、びくん、と背筋を震わせる。

「藪《やぶ》から棒に、どしたの？」

「これを見て欲しいのだけれど」

茅野はタブレットを手に腰を浮かせ、桜井の隣に移動する。

「ふむふむ」

画面には動画のサムネイルがずらりと並んでいる。

タイトルには『TheHauntedSeeker』とあり、ナンバリングがされていた。

「ざ、はうんてどせえーける？」

「バキバキのローマ字読みね、梨沙さん。ホーンテッドシーカーよ。意味は〝心霊探索者〟かしら」

「ふうん……あっ」

そこで桜井は気がつく。

サムネイルに映っている人物が、つい先日、自分が腕ひしぎをかけた男と同一人物である事に……。

「気がついたようね。この男〝スウェーデン堀〟という名前で活動していて、心霊スポットのレポート動画を配信しているみたい」

「ゆーちゅーばーだね？」

「そうね。登録者数は一万人そこそこだから、けっこう頑張っている方ね」

「でも、何でスウェーデンなの？」

「多分だけれど、神学者のエマヌエル・スウェーデンボリからよ」

「うちの県の心霊スポットの動画が多いね。五十嵐脳病院もある」

「それで……先週の木曜日にアップされた最新作が、これなんだけど」

茅野がタブレットを指でなぞる。

すると、そこには……。


『The Haunted Seeker Vol.13 亡者の家』


「亡者……ただ事ではなさそうだね」

「これは、張鶴市《はりづるし》の海岸近くにある心霊スポットらしいわ。足を踏み入れた者は、亡者に取り憑《つ》かれてしまうと言われているの」

「じゃあ、あの女の人を追いかけてたスウェーデンさんは、亡者に取り憑かれて、おかしくなってたって事？」

「まあ、だいぶ様子が変だったけれど……どうかしら。まだ何とも言えないわ」

「うーん……でも、そういえば何かおかしな事を言ってたよね」

「どんな？」

「お前の悪霊がおかしいとか、どうとかって」

「それは、悪霊ではなく握力。彼の言ってる事がおかしいのじゃなくて、梨沙さんの握力が本当におかしいだけよ」

「あー」

桜井は自分の掌《てのひら》を見つめながら得心した様子で頷《うなず》く。すると、茅野が一つの提案を打ち出した。

「それは兎《と》も角、次のスポット探索は、この亡者の家にしない？」

「いいねえ。張鶴なら電車で三十分ぐらいだよね？　明日《あした》はバイトだけど、明後日《あさって》の日曜日なら朝から動けるよ」

桜井が乗っかる。

「そうね。亡者の家は駅からそんなに遠くないし、午前中に行けば、昼には終わりそうね」

茅野はタブレットに指を這《は》わせ地図を確認する。

それから、再び『ＴｈｅＨａｕｎｔｅｄＳｅｅｋｅｒ　Ｖｏｌ．13　亡者の家』の動画に戻り、タブレットをスタンドに立て掛けてテーブルに置いた。

「それじゃあ、事前に予習と行きましょうか」

「うん」

動画が再生された。

◇◇◇

冒頭の挨拶《あいさつ》が終わり、スウェーデン堀はカメラマンを率いて亡者の家へと足を踏み入れる。

いたるところにカラースプレーの落書きがされ、床には様々なゴミが足の踏み場もないくらい散らばっている。

それらを踏みつけながら、この家が心霊スポットとなった切っかけとされる十二年前の火災について説明しながら、奥へと進む堀。

『……その原因不明の火災では、かつてこの家に住んでいた十八歳の長男が亡くなりました。当時、家族は外出中で家には彼一人だったそうです……』

堀の語りと、床に散らばるビニール袋を踏み潰《つぶ》したときのガサガサという音が重なる。

『……死因は一酸化炭素中毒。そして、奇妙な事に彼の遺体は二階の火元となった部屋の押し入れの中で見つかったらしいのです。まるで何者かから身を隠すかのように……』

その後も動画は続いたが、特に変わった事は起こらなかった。

しかし、堀とカメラマンのテンションは高く、ほんの些細《ささい》な事にも大袈裟《おおげさ》なリアクションで騒ぎ立てる。どうにか盛りあげようという涙ぐましい努力の片鱗《へんりん》を感じ、桜井と茅野は何とも言えない気分になった。

そのまま同じような調子で動画は進み、特に盛り上がりもなく終了した。

【04】怪異

藤見より在来線の下りで三十分。

張鶴駅のプラットホームに降り立った桜井と茅野を近くの海から吹き抜ける潮風が包み込む。

改札口へと向かいながら、桜井は仔犬《こいぬ》のようにくんくんと鼻を鳴らした。

「磯の匂いがするよ」

「ふふふっ。探索が終わったら、どこかで浜焼きでも食べましょう」

この張鶴には有名な海水浴場があり、県外から観光に訪れる人々も多い。そういった客層を狙って、土産物屋や飲食店、宿泊施設が多くある。

「いいねえ……仕事終わりに焼き立ての魚と冷えたラムネをきゅうっといっぱい」

「私は栄螺《さざえ》のはらわたを貪《むさぼ》り喰らいたいわ」

などと、いつもの調子で駅構内を出る。

そのまま駅前から海沿いを走る通りに出て、パステルカラーのタイルで綺麗《きれい》に整備された歩道を行く。

因《ちな》みに車道を挟んで反対側にも同じような歩道があり、その向こうは擁壁の下り斜面になっている。そこから綺麗に整備された海水浴場を見渡す事ができた。

砂浜には色取り取りのパラソルやレジャーシートがぽつぽつと見られ、海の家が疎《まば》らな間隔で建ち並んでいた。

少し緑がかった波間は緩やかに飛沫《しぶき》をあげ、水平線の上には、様々な形の雲が並んでいる。

二人は乾物や海産物を軒先に並べた土産物屋や飲食店の前を通り過ぎ、マリンスポーツに訪れた集団とすれ違う。

やがて河口に架かる大きな橋が前方に見えてきたところで、堤防の上に横たわる道へと入る。すると、海水浴場の喧騒《けんそう》が一気に遠ざかった気がした。

セメントで塗り固められた川縁には何人かの釣り人が糸を垂らし、反対側には古びた家々が建ち並んでいる。

「そういえば、あの動画でスウェーデンさんが言っていたけど、十二年前の火災で一人亡くなったっていうのは本当なの？」

桜井が河川の上空を飛び交う海鳥たちを見ながら問う。その疑問に茅野が答える。

「概《おおむ》ね本当ね。ただ、彼は動画の中で〝原因不明の火災〟と述べていたけれど、出火原因は判明しているわ」

「ふうん。何なの？」

「蛸足《たこあし》配線の延長コードのショートが原因よ」

「あー……」

と、桜井が得心した様子で声をあげた。茅野は話を続ける。

「あの動画でも触れていたけれど、死んだ長男が、なぜ押し入れの中で発見されたのかは謎ね。火の手は二階の一部に及んだだけで消し止められ、それほど激しい訳ではなかった。にも拘《かか》わらず、彼は火元となった部屋の押し入れの中で逃げ遅れ、一酸化炭素中毒で死亡した」

「謎だねえ」

と、桜井が難しげな顔をした。茅野も神妙な表情で話を続ける。

「……出火当時、家には彼一人だった事から、強盗か何かに追い詰められ、二階の押し入れに身を隠した。そこで偶然にも延長コードが出火して火の手をあげた……というのが、定説になっているけど」

「その強盗が火をつけた可能性は？」

桜井の指摘に茅野は首を振る。

「それはないでしょうね。延長コードが出火原因だというのは消防の発表だから間違いないだろうし、火をつけるならわざわざ蛸足配線の延長コードをショートさせるような手間をかける訳がないわ」

「あー、そっか」

「同じ理由で自殺の線もあり得ないわね」

などと、会話をしているうちに辿《たど》り着く。堤防の下に横たわる細い舗道の向こうに建ち並ぶ古びた住宅。その中に佇《たたず》む青い瓦《かわら》屋根の廃屋が、亡者の家である。

「あれか」

「なかなかの雰囲気ね」

などと、観光地を訪れたときのようなノリの桜井と茅野であった。

しかし、このあと二人は亡者の家の真の恐ろしさを思い知る事となる。

◇◇◇

二人は門柱の間から続く石畳の先にある、開かれたままの玄関を見据えながら軍手をはめる。

当然ながら会報に載せるのは亡者の家の外観の写真までだ。しかも、モザイク入りで。

しかし、このまま何もせずに門前で引き返す事を彼女たちの好奇心は良しとしなかった。

茅野はデジタル一眼カメラを手に動画撮影の準備をして、桜井はネックストラップで首から吊《つ》るしたスマホを手に写真を撮り始めた。

「それじゃあ、行くわよ」

「了解！　隊長」

「一応、部長は貴女《あなた》なのだけれど……」

「その設定、忘れてたよ」

「設定じゃないのだけれど、まあいいわ」

二人は開け放たれた玄関を潜り抜け、湿った薄暗がりにその身を投じた。

「うーん。特に変わったところはないね」

「そうね。普通の廃屋だわ」

まず桜井と茅野は、動画と同じように足元に散乱したゴミを踏み潰しながら、玄関から真っ直ぐ奥へと延びた廊下を進んだ。

すると、壁に書いてあるスラングの落書きを指差して、桜井が茅野にその意味を尋ね始めた。

「これは、何て意味？」

「イングランドの地名を示すスラングかしら？」

「じゃあ、これは？」

「中央アフリカ共和国を流れるコンゴ川水系に属する河川の事ね」

「じゃあこれは？」

「インカの皇帝の異名よ……」

「ふうん。じゃあ、これは？」

「それも……インカの皇帝を指すスラングのようね」

「ふうん。インカの皇帝、人気者だねえ」

「それはまあ皇帝ですもの。民衆の支持率は大切だわ」

もちろん、全部嘘である。

そんな頭が悪いのか良いのか解らない会話を交わしながら一階をぐるりと回った。

特に変わった事は起こらない。

それから二人は玄関前の階段を登り、床板の軋《きし》む音を引き連れながら二階へと辿り着く。

「特に何もないね」

「動画だと、ここまでで機材トラブルが一回、おかしな音が二回入ってたけれど」

何事もなく二人は左手へ延びた廊下の先へと向かう。

左右と突き当たりにそれぞれ部屋があり、例の如く扉はすべて外されて入り口の床に倒れていた。正面はトイレらしい。便座の外れた洋式便器が窺《うかが》えた。

「ここが例の部屋よ」

茅野が左手の戸口を覗《のぞ》き込む。そこは例の長男が発見された部屋であった。

煤《すす》けた畳が足元には並んでおり、右手の壁際に押し入れがあった。

茅野がその部屋に足を踏み入れる。彼女の履いたスニーカーの靴底が、グズグズに傷んだ畳に少しだけ埋まる。

それでも臆《おく》する事なく、茅野は押し入れに近づく。桜井も神妙な面持ちで続いた。

押し入れの襖《ふすま》は固く閉ざされている。

「行くわよ？」

茅野がデジタル一眼カメラを構えたまま、襖に左手をかける。

「幽霊が出たらパンチさせてもらうよ」

それができて当然といった調子で桜井は拳《こぶし》を構える。

その頼もしい相棒の勇姿を一度だけ見やり、茅野はガタガタと酷《ひど》く引っ掛かりながらも押し入れを開けた。

すると……。

「あれ？」

桜井がきょとんとした顔で拳をおろした。

押し入れの上段に何かが置いてある。

それは三十センチ程度の熊のぬいぐるみであった。

ボロボロで真っ黒に焦げている。

元々は装飾としてのツギハギや縫い目がついているゴス風のデザインの物だったらしい。

茅野がカメラのレンズをそのぬいぐるみに向けたまま、恐る恐る左手を伸ばす。ぬいぐるみの耳を摘《つ》まみながら観察する。

「……タグを見る限り、プライズゲームの景品だったみたいね」

そこで桜井が「あ！」と声をあげる。

「どうかしたのかしら、梨沙さん」

「ちょっと、貸して……」

桜井が茅野から受け取ったぬいぐるみの左足を摑《つか》み、顔の前でぶらさげる。

「いや、このくまさんさあ、あの動画を見たとき、確か玄関の靴箱の上に載っていたやつだ」

「本当に？」

茅野の言葉に桜井は頷《うなず》く。

「うん。ちょっと、待って」

そう言って、再び押し入れへとぬいぐるみを戻し、桜井は首から下げたスマホを手早く操作する。

『TheHauntedSeeker Vol.13 亡者の家』を再生した。

そして、問題のシーンまでシークバーを動かし、一時停止を押す。

すると、それはスウェーデン堀が玄関を潜り、三和土《たたき》を通り抜けるシーンだった。その右側の靴箱の上に、今押し入れで発見したぬいぐるみのようなものが載っていた。

再び動画を再生すると、スウェーデン堀は一瞬だけそちらに視線を向けたが、カメラは特に気にした様子もなく通り過ぎる。画面に映ったのは、ほんの数秒といったところだった。

「ほら。同じでしょ？」

確かに、茅野が押し入れから取りあげたぬいぐるみのように見えた。

「この動画撮影が終わった後にやって来た誰かが、靴箱の上から押し入れの中へぬいぐるみを移動させたという事かしら？」

「まあ、ぬいぐるみが勝手に動く訳はないし、そうだろうね」

「ちょっと、スマホの画面だと解り辛《づら》いわね……」

茅野がリュックからタブレットを取り出そうとした。その直後だった。

「循！」

桜井が押し入れの方を見ながら声をあげた。茅野も、そちらへと視線を向ける。すると……。

「えっ」

ついさっき、桜井が押し入れ上段に戻したはずのぬいぐるみがどこにも見当たらない。

「循……これは……」

流石の桜井も驚いた様子であった。

押し入れの奥や下段を覗き込んでも何もない。

「まさか、ぬいぐるみが勝手に動いたとでもいうのかしら……？」

「としか、思えないけど……」

茅野と桜井はお互いにぞっとしない表情で顔を見合わせた。

このあと、二人は狐に頬を摘《つ》まれたような心地で亡者の家を後にした。

【05】本物の霊障

土産物屋の軒先に出たベンチに腰をおろし、桜井はラムネの蓋《ふた》を掌底で叩《たた》いた。

しゅぽん、というこきみ良い音と共に、しゅわしゅわと炭酸ガスが沸き出る。

桜井はラムネで喉《のど》を潤し、ノドグロの浜焼きにかぶりつく。

程よく焼き目のついた香ばしい皮とホクホクした白身から染みでる脂の旨味《うまみ》が口に広がる。

「ひゃー、仕事のあとはこれだね」

などと、ご満悦の桜井の右隣で、茅野が亡者の家で録《と》った動画を真剣な眼差《まなざ》しで確認していた。

「……やっぱり駄目ね。ぬいぐるみの消えた瞬間は映っていない」

「心霊現象なのかな？」

「……今のところはそうとしか思えないけど」

茅野は思案顔で独り言《ご》ちる。一方の桜井は上機嫌な様子だ。

「……このノドグロの美味《おい》しさは心霊現象級だけどね！」

茅野は鹿爪らしい顔で考え込んだまま黙り込む。その様子を憂えた桜井は彼女に気安い言葉をかけた。

「まず、むずかしい事はいいから、食べなよ。冷めちゃうよ？」

「確かにそうね」

茅野もデジタル一眼カメラを脇に置き、代わりに栄螺《さざえ》のつぼ焼きが載せられた紙皿を膝《ひざ》に置き、割り箸《ばし》を割った。

貝の中からはらわたを引っ張り出し、かぶりつく。その瞬間、彼女は大きく目を見開いた。

「あ……美味しい」

「だよね！　だよね！」

このあと、茅野は近くの自動販売機で見つけたドクターペッパーで桜井と乾杯し、海の幸に舌鼓を打つ。一息吐いた後、帰路に就いた。

駅の自動券売機で切符を購入し、閑散としたホームのベンチに腰をおろしていると、やがてアナウンスが上り列車の到来を告げる。

桜井が乗車口の場所へと移動しようとした。しかし茅野は背後を見つめたまま動こうとしない。

「ん？　どしたの循」

桜井が尋ねると茅野は怪訝《けげん》な表情で前を向く。

「今、誰かに呼ばれた気がしたのだけれど……気のせいだったみたい」

「もー、やめてよ」

桜井がケラケラと笑う。

茅野も「ちょっと、疲れたのかもしれないわね」と言って笑った。

まもなく電車がやってきた。

◇◇◇

二人が亡者の家の探索に出掛けた翌日。月曜日の早朝だった。

茅野薫は姉の様子がどうもおかしい事に気がついた。

茅野姉弟《きょうだい》の両親はどちらも仕事で家を空ける事が多く、大抵は二人きりだった。

普段ならば、姉の相手をするのが億劫《おっくう》なので食事の時間は意図的にずらすのだが、この日は運悪く重なってしまった。

薫が朝練へと出かける為に薄暗いリビングで、シリアルとチキンサラダを食べていると、そこへ姉がやってきた。

裾《すそ》の長い白のスリップ姿で、ぼんやりとリビングの入り口に佇《たたず》んでいる。

寝癖も直しておらず、その眼差しは虚《うつ》ろで、無意味な瞬《まばた》きを繰り返すばかりだった。

まるでホラー映画の女霊といった、そんな風貌《ふうぼう》の姉を薫は二度見する。

「何だ。姉さんか。ちょっと、そんな所に突っ立って、いったいどうしたの？」

たっぷりと数秒の間があり、姉はようやく薫の方へ視線の先を合わせた。

「……あ、薫。おはよう」

「おはよう……じゃないよ。寝ぼけてるの？」

「……あ、うん」

曖昧《あいまい》に頷き、薫の正面に座る。

「寝ていないの……」

その返答を聞いて薫は「ふう」と溜《た》め息を吐いた。どうせまたゲームでも夜通しやっていたのだろう。

茅野循は一時期、廃人もかくやという勢いでMMORPGにのめり込んでいた事があった。最近は遠ざかっていたようだが、また熱が再燃したのかもしれない。

「取り敢《あ》えず、姉さんのサンドウィッチ作って冷蔵庫に入れてあるから。僕もう朝練行くね」

また面倒臭い事になりそうだと直感した薫は、急いで残りのシリアルを口の中にかき込み始めた。すると、その直後だった。

「うるさい」

臓腑《ぞうふ》が底冷えするようなその呟《つぶや》きに、薫は手を止めて顔をあげる。

「今、何か言った？」

恐る恐る尋ねる。

姉は俯《うつむ》いたまま、マネキン人形のように何も答えなかった。

◇◇◇

茅野循は朝食を無理矢理詰め込むと、身支度を済ませて家を出る。いつも通り学校へ向かった。

教室に向かうと、既に桜井の姿があった。

他のクラスメイトたちが雑談を交わす日常的な風景の中、机の上に肘《ひじ》を突きながら頭を抱えている。きっと彼女が将来、お酒を飲んで二日酔いにでもなったならば、こんな顔をするのだろう。

そんな事を考えた途端、少しだけ気が紛れる。

茅野循は弱々しく微笑んで桜井に声をかけた。

「おはよう。梨沙さん。ご機嫌は如何《いかが》かしら？」

「それ、今まで耳にした中で最高の皮肉だよ」

桜井は厭世《えんせい》的な眼差しでぼやく。

「……と、いう事は梨沙さんもなのね？」

茅野の問いに桜井は力なく笑う。

「うん……循は……って、聞くまでもないか」

「ええ……」

そう言って、茅野は近くの席に腰をおろした。

「昨日、あの家に行ってから、ずっと耳元で誰かが訳の解らない事を囁《ささや》き続けているの」

「あたしは、背の高い赤い女がずっと追いかけてきて睨《にら》んでくるんだよ」

そう言って、頭を抱えたまま、中庭に面した教室の窓へ目線を向けた。

「今も、あそこから、あたしの事を睨んでいる」

茅野は緩慢な動きで腰を捻《ひね》り、窓の方へと視線を向けた。

しかし、桜井の言うような女はどこにも見当たらない。そもそも、ここは二階である。

「因《ちな》みにパンチしても一瞬消えるだけですぐに出てくる」

「やったの？　流石ね」

「やったよ。でも、ダメ」

桜井がうんざりした調子で肩を竦《すく》める。そして、こう続けた。

「学校休もうと思ったけど、何か負けた気がするから来た」

「私もよ。怠《だる》さよりも意地が勝ったわ」

「それはそうと、これは、流石に本物の霊能者の力を借りないと無理かもね」

「そんな都合のよい存在が現れてくれる事を期待するより、まずは自分たちでやれる事をやっていきましょう」

「そだね。でもどうするの？」

桜井の問い掛けに、茅野は右手の指でこめかみを押さえる。

「……とりあえず、SNSの『TheHauntedSeeker』公式アカウントからDMで連絡を取りましょう」

茅野はスマホを取り出すと素早く操作し始める。

しかし、桜井は渋い表情で胸に抱いた懸念を口にした。

「でもさー。頼りになるのかな？　あのスウェーデン堀とかいう人、滅茶苦茶《めちゃ》弱かったよ？　物理的にだけど」

「霊的にも頼りにならないでしょうね。それにまだ警察に拘束されている可能性が高いわ」

「だよねえ……」

桜井は腕を組んで深々と溜め息を吐いた。

「……でも、思い出して頂戴《ちょうだい》」

「何を？」

「あの動画には、スウェーデン堀の他にも撮影を担当した同行者がいるはずよ。そっちに当たってみる価値はある」

「ああ。なるほどー」

　と、桜井は納得した様子で頷《うなず》く。茅野は更に話を続けた。

「それと、あの動画でスウェーデン堀が家に入る前後にテロップが出たでしょ？」

「ああ。権利者の許可はとってある云々《うんぬん》みたいなの？」

「そう。つまり、それが本当ならば、彼はあの亡者の家の現在の持ち主……つまり、死んだ長男の遺族を知っている可能性が高い。当時の焼け跡もそのままなのだから、十二年前の火災の後で人手に渡ったという事はまずないと思うわ。十中八九、遺族が今も権利者だと思う」

「なるほど……確かに遺族なら頼りになるかも」

「兎《と》も角、今は私たちの身に起きている現象が何に起因するものなのかを突き止めるのが先決よ。その為には、あの亡者の家で過去に何があったのかを正確に知る必要があるわ」

「うん……」

　桜井は頷き、どんよりした顔で再び窓の方を見た。

「早く何とかしないと本当におかしくなりそう」

「そうね。これは私たちの理性と呪いの勝負になるわね……」

　そうして、茅野は疲労のにじんだ顔で、スマホの画面を指でなぞり始めた。

た。

【06】胡乱《うろん》な二人

あの日、スウェーデン堀に追われて転倒した九尾天全は、丸一日ほど意識を失っていた。

因みに冨田は堀に殴られ、軽傷を負ったのみだったらしい。対する九尾は頭部の怪我に両足首の捻挫《ねんざ》と散々であった。しかも、自爆である。

医者には「器用な転び方をしましたねえ……」と呆《あき》れられてしまう。

何とも間の抜けた有り様に九尾は自己嫌悪に陥っていた。しかし、これでも業界切っての腕利き霊能者である。

ともあれ、事情聴取にやって来た警察によれば、堀は現在留置場におり、意味不明な言葉を繰り返しているのだという。だいぶ落ち着いてはきたが、かなり気が立っている事には変わりないのだそうだ。

恐らく悪霊に取り憑《つ》かれ、おかしくなってしまったのだろう。一見すると低級な霊ではあったので九尾の力を以《もっ》てすれば、祓《はら》う事は造作もない。しかし、厄介なのは、あの霊がこの世に呼び出された原因の方を何とかしないと、たとえ除霊をしても、またすぐに彼の許《もと》に別の悪霊がやって来てしまう。

「……やはり、元から断たないと駄目ね」

それは入院して五日目の月曜日の午後の事。九尾は色々と現状を鑑《かんが》みた結果、冨田慶吾と堀光明が最後に動画撮影を行った心霊スポット〝亡者の家〟へと赴く決心を固める。

しかし、医者によれば経過観察のために一週間ほど入院しなければならないらしい。頭部の怪我は色々と後が怖いのだという。足首の捻挫もあり、どのみちまともに動ける状態ではなかった。

「でも、このままだと……」

あの堀の様子を見るに、そう悠長な事も言っていられない。早々に除霊をしなければ、彼の心が持たないだろう。

どうしたものかと思い悩んでいると、病室の扉がノックされる。

看護師の声が聞こえてきて、冨田が見舞いにやって来た事を告げられた。

「どうぞ」と返事をすると、看護師に案内され冨田が姿を現す。そして、彼に続いて二人の少女が入室してくる。

その顔には見覚えがあった。転倒して意識を失う直前に彼女たちの姿を見た記憶がある。警察の話では、彼女たちが錯乱したスウェーデン堀を取り押さえ、通報してくれたのだという。

まずはお礼をしなければならない恩人である。

しかし、九尾は二人を見た瞬間、驚愕《きょうがく》を顕《あらわ》にして凍りつく。

「めっちゃ、呪われてる……」

二人は取り憑かれていた。

一方の背の低い少女は、赤い服を着た大きな女霊に鼻先の距離で顔を覗《のぞ》き込まれている。

もう一人の背の高い少女の耳元では、多数の低級霊が不吉な言葉を囁き続けていた。

背の低い少女が女霊に向かって、飛び交う羽虫を払うかのような仕草をしている事から、見えていない訳ではないようだ。一方の背の高い少女は見事なポーカーフェイスで何を考えているのかよく解らない。

「あなたたち、こ、怖くないの……？」

九尾はベッド脇に立った二人の顔を見て問うた。すると、その反応を目の当たりにした二人の少女は顔を見合わせる。

「……本物の霊能者っぽいね」

背の低い少女が言った。

すると、背の高い少女がこれまでの経緯をすべて語り始めた。

◇◇◇

それは、少し前の事。

朝方から絶不調だった桜井と茅野であったが、呪われつつも何とか四限目の体育までこぎ着けていた。

授業開始早々、他のクラスメイト同様、グラウンドの隅で柔軟体操をする二人。

「この赤い女、どうせ顔近づけて睨《にら》んでくるだけで何もして来ないから別にどうでもよくなってきた」

「私も、新手のデスメタルだと思えば聞けない事もないわ」

「あー、循、そういうの好きだもんね」

「北欧系ね。これは」

などと、会話を交わしながらヘラヘラと異様な笑みを浮かべる二人に、クラスメイトは戦々恐々としていた。

そんな視線をまったく気にする事なく、桜井と茅野は粛々と授業をこなす。

そして、それは授業が終わり、更衣室での事だった。あらかた着替えが終わった茅野は、ロッカーに入れてあったスマホを何気なく確認した。すると、彼女の瞳《ひとみ》がみるみるうちに大きく見開かれる。

「どったの？　循」

茅野は勢い良く桜井の質問に答える。

「『ＴｈｅＨａｕｎｔｅｄＳｅｅｋｅｒ』から返信があったわ。あの動画でカメラマンをやってた冨田という人ね。会ってもいいって」

「やった！」

桜井が胸の前でぐっと拳《こぶし》を握り締める。すると、茅野は勢い良く言い放つ。

「そうと決まれば、善は急げよ梨沙さん！」

「うん」

「仮病を使って早退しましょう！」

「承知！」

二人は慌ただしく更衣室を後にした。そんな彼女たちの様子を目の当たりにしたクラスメイトたちは、一様に訝《いぶか》しげな顔をしていた。

【07】謎と相違点

保健室で茅野作の〝絶対に38度を表示する体温計〟を上手《うま》く使い、二人は学校を後にする。

すぐさま冨田と連絡を取り『洋食、喫茶うさぎの家』で待ち合わせる。

ランチタイムの終わった静かな店内の奥まったテーブル席で、二人は冨田と向かい合う。

桜井の姉の武井智子に三人分の珈琲《コーヒー》を出してもらったあと、茅野は角砂糖を砂糖壺《つぼ》から三つ取り出し、カップに投入すると話を切り出した。

「それで、貴方《あなた》の身には特におかしな事は起きていないと？」

「ああ、うん……」

冨田は茅野の言葉に首肯を返すと、これまでの経緯を語り始めた。

「俺たちが、あの家に向かったのは堀が逮捕された二週間ぐらい前の事だよ……」

その後、徐々に堀の様子がおかしくなっていったのだという。

そして、霊能者を連れて堀の住居に向かったところ、錯乱した彼が暴れ出した。冨田はアパートの玄関前で殴り飛ばされたのだという。

その後、堀は逃げ出した霊能者を追いかけて行ったらしい。

「あの盛大に転《こ》けたお姉さんは、霊能者だったんだね」

「彼女が本物かどうかは、一考の余地があるけれど」

「少なくとも、物理的には頼りにならなそう」

桜井と茅野は、九尾の見事な転け方を思い起こしながら、彼女の能力を訝しんだ。

さておき、そこで茅野が話題を切り替える。

「……その霊能者の事はひとまず措《お》いておくとして、貴方は亡者の家の権利者に会った事があるのよね？」

「ああ、うん。例の十二年前に起こった火災で死亡した長男の妹が山梨にいて、撮影前に彼女に会ったよ」

彼女は自らの住んでいた家が心霊スポットとして有名である事を知らなかったようだ。

しかし、撮影については、家族の個人情報を伏せるという条件のみで特に難色を示す事はなかったらしい。どうも、金銭面や時間の関係で、取り壊す事も管理する事もできず、もて余しているようだったと冨田は語る。

そこで、桜井が質問を挟んだ。

「遺族は妹だけ？　両親は？」

「両親は、あの火災からだいたい一年後ぐらいに自殺している。近くの断崖《だんがい》から海に身を投げたんだそうだ」

長男の遺族は火災があった後も、あの家で暮らしていた。火の手は二階の一部に及んだのみで、生活には支障がなかったようである。落ち着いたら修繕するつもりだったらしい。

そして、それは火災から半年が過ぎた頃だったのだという。

「両親が突然、おかしな事を言い出したんだとか」

「おかしな事？」

茅野が眉間《みけん》にしわを寄せながら聞き返す。すると、冨田は恐怖のにじみ出た声音で言った。

「死んだ息子が家の中にいるって……」

桜井と茅野は息を呑《の》んで顔を見合わせる。

冨田は手付かずだった珈琲をようやく口に含むと話を続けた。

「妹によれば、死んだ両親と長男の関係はあまり良好とは言えなかったんだそうだ」

当時、長男と両親は、進路や学業について意見が合わずに折り合いが悪かったらしい。火事のあった日も、本来なら家族全員で行くはずだった旅行に、彼だけが行かなかったのだとか。直前に両親と喧嘩《けんか》になったのだという。

「じゃあ、やっぱり死んだ長男の呪いなのかな。これは……」

と言って、桜井はテーブルの脇に立った赤い女を見あげる。もちろん、その姿は彼女にしか見えていない。

茅野は顎《あご》に指を当てながら思案顔で口を開く。

「まだ、解らないわ。それなら、折り合いの悪かった両親はまだしも、なぜ、私たちまで呪われなければならないのかしら？　動機が解らないわ」

「そんなの幽霊なんだから、生きている人間が憎かったとか……」

その冨田の言葉に茅野は頭を振る。

「もしも、そうなら、堀さんや私たちが呪われて、貴方が無事である理由が解らないわ。それから、妹さんも」

「あー」と、桜井が得心した様子で声をあげる。

そこで冨田が補足する。

「妹の話だと、両親は長男を家に残した事に罪悪感を持っていたらしい。それで、心を病んでしまったのだろうとは言っていたが……」

桜井が難しい表情で腕を組み合わせ声をあげた。

「……確かに自分たちの喧嘩が原因で家に置いてきた息子が死んじゃったらねえ」

「でも留守番中に強盗が入ってきて、押し入れに追い込まれ、そこで偶然にも出火するなんて、出来過ぎた不運よ。両親が悪い訳ではないわ」

その茅野の言葉に冨田が首を横に振った。

「いいや。それはないらしい」

「は？　どゆこと？」

「ない、とは？」

桜井と茅野は彼の言わんとする事が解らずに首を傾げた。二人は冨田の説明に耳を傾ける。

「……実は消防に通報したのは、その長男本人らしい。もしも、強盗に遭ったなら、真っ先に警察へ通報するだろ？　でも、彼は消防にしか通報していない。それに消防の通報でも火災の事しか彼は口にしていなかったらしい」

「ていう事は、彼は押し入れの中に携帯電話を持ち込んでいたのかしら？」

その茅野の質問に冨田は頷《うなず》く。

「ああ。携帯電話の他にも彼の遺体と一緒にノートパソコン、ミネラルウォーターのペットボトルが見つかった」

「はあ!?　じゃあ、その長男は押し入れで何をやってたの？」

と、目を丸くする桜井。冨田は苦笑して頭を振る。

「俺にもさっぱり」

桜井も頭を抱えて言う。

「もう、訳がわからない……」

しかし、茅野は冷静な表情で思案したのちに、右手の指を二本立てた。

「兎《と》も角、現時点で解かなければならない謎は二つ」

そう言って指を一つ折り畳む。

「なぜ、私たちと堀さん、そして、恐らく死んだ長男の両親も……この五人が呪われて、冨田さんと、その家の妹が無事なのか」

更に残った指を折り畳む。

「それから、死んだ長男は、なぜ押し入れの中で発見されたのか。押し入れの中で何をしていたのか」

そして、カップの底に残っていた珈琲をすべて飲み干し、勢いよく立ちあがる。

「それらについて、専門家の見解でも聞いてみましょう」

【08】中途の家

「……そんな感じで、あたしたちがやって来たって訳」

と、桜井が自らの顔を親指で差した。

「はあ……」と、間抜けな返事をする九尾。

どうやら二人は部活動の一環で、危険な心霊スポットに足を踏み入れてしまったらしい。

常人ならばどうにかなってしまいそうな霊障を受けながら冷静さを保っているのは素直に凄《すご》いが、そうなるに至った経緯には感心できない。

九尾はプロの霊能者として苦言を呈する事にした。しかし、先に茅野が口を開く。

「それで、貴女《あなた》が本物の霊能者だと仮定して話を進めるけど、私たちは何に呪われてしまっているのかしら？」

〝本物の霊能者だと仮定して〟という言い回しが引っ掛かった。

疑われているのかと、内心でむっとする。ここは、まず力を見せてやらねばならない。

その方が苦言を呈するときに説得力も増す。

九尾は遠くを見るような眼差《まなざ》しで桜井と茅野へ順番に視線を這《は》わせてから、その言葉を口から吐き出す。

「つぎはぎのぬいぐるみ……」

「ぬいぐるみ？」と冨田は首を傾げるが、桜井と茅野は大きく目を見開いて顔を見合わせる。

「あのぬいぐるみだ！」

「ええ。色々な事があって忘れてたわ」

桜井の言葉に頷く茅野。そして、九尾の話は更に続く。

「恐らく、この呪詛《じゅそ》の発動条件は、そのぬいぐるみの存在を認識し、記憶に留《とど》める事よ」

そこで桜井と茅野は得心した様子で「ああ」と頷く。一方の冨田の表情にさらなる混迷の色が差す。

桜井が九尾に問うた。

「で、あのぬいぐるみはいったい何なのさ？」

「何らかの呪術儀式に使われていたヒトガタね。それが、あなたたちに怪異をもたらしている」

「呪術儀式……？　まさか長男は何者かに呪い殺されたとか……」

冨田の表情が青ざめる。しかし九尾は彼の発言に対して首を横に振った。

「……どんな儀式なのかは、流石に現地に行ってみないと何とも」

その言葉の直後だった。

「そうか」

茅野だった。

「まだ途中だったのよ」

病室内の視線が彼女に集まる。桜井が眉《まゆ》をひそめながら口を開く。

「循、どゆこと？」

その問い掛けには答えず、茅野は九尾に向かって尋ねる。

「どうすれば、これを終わらせる事ができるのかしら？」

「今からでも、誰かが正式な手順を踏めば恐らく……」

その言葉を聞いた茅野は満足げに頷いて、得意気に胸を張る。

「だいたい、解ったわ。私たちを呪っているモノが何なのか。そして、その終わらせ方もね」

「おっ」

桜井の表情に喜色がにじむ。

なぜなら、聡明《そうめい》な茅野循が〝だいたい解った〟というならば、それは本当に彼女がだいたいの事を解ったという事だからだ。

そして、茅野が言い放つ。

「行くわよ！　梨沙さん。今日ですべて終わらせる！」

「りょーかい」

桜井が答え、二人は連れだって慌ただしく病室を後にした。

「ちょっと、また、その家に行くつもり!?」

九尾の制止を聞かず、二人は姿を消した。

「何なの……あの子たちは……」

「さあ？　こっちに聞かれても」

冨田は苦笑して、二人が出ていったあとの病室の入り口へと視線を送った。

◇◇◇

ごおう……と入道雲の彼方《かなた》から飛行機のエンジン音が降りそそぐ。

少し日は陰っていたが、まだ空は青い。

桜井と茅野は病院を出た後、急いで準備を整え、張鶴行きの下り列車に飛び乗った。

そうして二人が亡者の家の門前に再び並んだのは十七時前の事だった。

茅野循は不敵な笑みを浮かべながら、視線を亡者の家の焼け焦げた二階へと向けて、隣に立つ相棒に語りかける。

「……梨沙さん」

「何?」

「これは冗談でも、強がりでもないのだけれど」

「うん」

「私は今とても楽しんでいる。本物の呪いを体験しているというのに……この理性の縁《へり》で、ぎりぎりのバランスを保っている感じがこの上なく楽しいわ」

桜井は茅野の端整な横顔を見あげ、呆《あき》れた様子で笑い、溜《た》め息を吐いた。

「まったく……循は、大馬鹿野郎だよ」

「あら。それは誉め言葉かしら?」

「当然」

桜井は悪戯《いたずら》っぽく笑って言葉を続ける。

「でも、あたしも何だかんだ言って楽しいよ」

「貴女も同じ大馬鹿野郎という訳ね」

そこで、二人は目を合わせ無邪気に微笑み合う。

少し離れた場所の海沿いの国道からだろうか。大型トラックの走行音が鳴り響き、遠ざかって、かき消えた瞬間——

「行くわよ、梨沙さん」

「うん」

まるで、それが最終ラウンド開始の合図だとでも言うように二人は動き始めた。

【09】　ゲームオーバー

「まずは、あの熊のぬいぐるみを探すわよ」

「解った」

二人は注意深く廊下を進む。その最中《さなか》、茅野が話を切り出した。

「梨沙さん」

「……だんだん、酷《ひど》くなっているわ。梨沙さんもでしょう？」

「うん」

桜井は埃《ほこり》を払うような仕草で右肩を払いながら話を続ける。

「赤い女の人、見てるだけだったけど、触ってくるようになってきた。循は？」

「ずっと、囁《ささや》いている声……何を言っているのかはっきりとしてきたわ」

「何て言っているの？」

「ただシンプルに『死ね』と『殺せ』よ」

「やっぱ、デスメタルじゃん」

「まあ違わないわね。リズムとメロディと和音がないだけで」

「やっぱ、結構違うじゃん」

「それは兎も角、ああいう曲を普段から聴いていなければ、耐えられなかったでしょうね……私は今頃おかしくなっていたはず」

「役に立つもんだね。そういう曲でも」

「ただ、これ以上、霊障が酷くなってきたら、どうなるか解らない」

「そだね。急がないと」

などと、言葉を交わしながら家の奥へ奥へと進んで、二人は一階の風呂《ふろ》場に着いた。

脱衣場の磨《す》り硝子《ガラス》の戸は割れており、タイルの隙間は黒黴《くろかび》で埋まっていた。外に面した磨り硝子には裏庭の木の影が映り込んでいた。

桜井と茅野は浴槽を覗《のぞ》き込む。

「あったよ」

「ええ。ここに戻っていたのね」

空っぽの浴槽に例の熊のぬいぐるみがあった。茅野は躊躇《ちゅうちょ》なく手を伸ばして摑《つか》む。

「思いきっていくねえ。嚙《か》みついたりしないかな？」

「それぐらい解りやすければよかったのでしょうけれど……」

そう言って、ぬいぐるみの胴体を親指でなぞる。

「やっぱり、間違いない」

「何が？　そろそろ説明してよ」

茅野は悪魔のような笑みを浮かべる。

「このぬいぐるみ、一回、胴体の綿を抜いてから別な物を詰めてある。前回、手に取った時は耳を持ったから気がつかなかった」

桜井もぬいぐるみの胴体を撫《な》でる。

「なるほど……確かに何かごわごわしてるね。綿の代わりに何が入っているの？」

「米。髪の毛。もしくは肉、血。その全部」

「何それ……？」

桜井の頭の上にハテナマークが飛び交う。

茅野はぬいぐるみから目線を外さずに、その彼女の疑問に答える。

「このぬいぐるみは〝ひとりかくれんぼ〟で使われた物なのよ」

「ひとりかくれんぼ？」

「そう……」

ひとりかくれんぼとは、二〇〇六年頃から匿名掲示板のオカルト板で流行《はや》りだした交霊術である。

「ヒトガタのぬいぐるみの綿を抜いて、さっき言った物を代わりに詰めてから赤い糸で縫い合わせる。元々、ツギハギや縫い目が装飾となっているデザインだから気がつかなかったけど、このお腹のやつは手縫いよ」

「本当だ……」

桜井が縫い目を触る。

「それで、ぬいぐるみの中身を入れ替えたあとはどうするの？」

桜井に促され、茅野はひとりかくれんぼの説明に戻った。

「準備が終わったら、手順にそって儀式を進める……」

その手順は以下の通り。

まず、ぬいぐるみに対して名前をつける。

以下、このぬいぐるみの名前をA、施術者をBとする。

次に「最初の鬼はBだから」と三回言い、浴室に行って水を張った風呂桶《おけ》にぬいぐるみを入れる。

次に家中の照明を全て消してテレビだけをつける。目を瞑《つぶ》り十秒数える。刃物を持って風呂場に行き、「A見つけた」と言ってぬいぐるみを刺す。

「次はAが鬼だから」と言い、自分はコップに入れた塩水を置いた隠れ場所に隠れる——

——

茅野が説明を終えると、桜井の表情はますます困惑の色を深めた。

「そんな事をして何が面白いの？」

さあ……と、肩を竦《すく》める茅野。

「取り敢《あ》えず、儀式を手順通りに行えば、何らかの怪異が起こると言われているわ。その怪異については様々で、特に何が起こるかは決まっていない。物音がしたり、不気味な影が現れたり、ぬいぐるみが動いたり」

「ふうん……」

と、桜井は絶対にピンときていないであろう顔で相づちを打った。

茅野はいつも通り気にせず話を進める。

「兎も角、この家で死んだ長男は、十二年前の夜、ひとりかくれんぼを行っていた。ちょうど、その当時は匿名掲示板で、この儀式を実況するのが流行っていた頃よ」

「ああ。だから、押し入れにノートパソコンを持ち込んでたんだ」

納得した様子の桜井。茅野は満足げに頷《うなず》いて話を続けた。

「そして、ひとりかくれんぼは、家人がいる時に行うと、その家人に悪い影響が出ると言われているわ。そういった理由から、家に一人でいる時に行わなければならないとされているの」

「だから長男は、十二年前のあの夜、良い機会だと思って、ひとりかくれんぼをやったんだね？」

「そう。しかし、そこで運悪く……なのか霊障なのかは解らないけど、火災が起こった。ひとりかくれんぼは儀式の最中に家の外に出る事は禁忌とされているわ。禁を破れば怪異がその身に降り掛かる。だから……」

「逃げる事もできずに押し入れの中で死んだんだ」

「そうね。そして、まだ、そのときのひとりかくれんぼは終わっていない」

「なるほどー。この赤い女も、そのせいなのか」

因《ちな》みに今、その赤い女は脱衣場から手を伸ばし、浴室の桜井のポニーテールをひょこひょこと弄《もてあそ》んでいる。桜井は鬱陶《うっとう》しそうに結った髪の束を手で払いながら言った。

「じゃあ、あたしたちを襲っているのは、ひとりかくれんぼを正式な手順で終わらせる事のできなかったペナルティ？」

「そうね。本来ならそれは施術者本人に降り掛かる現象だった。でも、その本人はもういない。……この家には、ひとりかくれんぼの儀式だけが残ってしまった」

「迷惑な話だね。……で、その正式な手順での終わらせ方っていうのは？」

「塩水を少し口に含んでからコップを持って押し入れを出て、ぬいぐるみに残りの塩水、口に含んだ塩水の順にかけるの。それから『私の勝ち』と三回宣言して終了よ。そのあとぬいぐるみを燃やす」

「何だ。案外、簡単だね」

「そうね。それじゃあ、梨沙さん塩水を入れてきたペットボトルを準備して」

「りょうかーい」

桜井がリュックからペットボトルを取り出しキャップを捻《ひね》った。すぐさま塩水を口に含み、順番どおりにぬいぐるみにぶっかけた。

「あたしの勝ち！　あたしの勝ち！　あたしの勝ち！」

すると、茅野がぬいぐるみを拾いあげて言う。

「それじゃあ、これをとっとと燃やしましょう」

「らじゃー」

二人はそそくさと亡者の家をあとにして、正面の土手を登る。そして、反対側の斜面を下り、コンクリートで固められた川岸に降り立つ。

因みにまだ赤い女と、不気味な囁きは消えていなかった。しかし、赤い女は明らかに桜井から距離を取り、茅野だけに聞こえていた囁きは心なしか勢いを失いつつあった。

「それじゃあ、始めましょう」

茅野はぬいぐるみを足元に置くとライター用のオイルを振りかける。そして、点火棒ライターを取り出し、しゃがみ込んだ。

「三……二……一……」と、桜井がカウントダウンを開始し、二人同時に「ゼロ」と叫ぶ。

ぬいぐるみは見る見るうちに赤い炎に巻かれる。黒い煙と共にビニール繊維の燃える悪臭が立ちのぼる。

「あ、あの赤い女、今消えたよ！」

桜井がきょろきょろと辺りを見渡して喜ぶ。

「私も声が聞こえないわ！」

「あたしたちの勝ちだ！」

「やったわ！」

二人は拳《こぶし》をがしがしとかち合わせて喜ぶ。

その様子を釣り人が少し離れた場所から不思議そうに眺めていた。

「よし。浜焼きと冷たいラムネで乾杯をしよう」

「良いわね。祝勝会よ！」

二人は再び堤防の土手を駆けあがり、部活の練習試合が終わった後のような清々《すがすが》しさで、土産物屋を目指したのだった。

【10】後日譚

「……まあ、そんな訳で、呪いは解けたわ」

翌日の放課後、桜井と茅野は再び九尾の病室を訪れて事の顚末《てんまつ》を報告した。彼女たちの話が真実であるのは、二人に取り憑《つ》いていたモノが綺麗《きれい》さっぱり消え失《う》せている事から疑う余地はなかった。

ともあれ、話を聞き終えた後、九尾はぞっとしない表情で独り言《ご》ちる。

「それにしても、ひとりかくれんぼとはね……」

こっくりさんしかり、この手の儀式にまつわる怪異譚《たん》のほとんどが、自己暗示からくる思い込みによるものばかりである。しかし、儀式そのものが偽物という訳ではなく、稀《まれ》に本物を引き寄せてしまう。

「……何にしろ、助かったわ。ありがとう」

と、礼を述べる九尾。

この二人が、あの家でずっと続いていたひとりかくれんぼを終わらせてくれなければ、堀光明は助からなかったかもしれない。結果的にではあるが、この二人の功績は大きい。

しかし、桜井と茅野は殊勝な様子で首を横に振る。

「あたしたちも、おねーさんがいなかったらやばかったよ」

「ええ。貴女《あなた》の言葉で、あの家の呪いの正体に気がつけたのだから」

「いいえ。そんな事……」

この二人、可愛いところもあるではないか。気分を良くした九尾は、二人に向かって得意げに胸を張る。

「まあ今後、この手の事で困った事があったらいつでも連絡しなさい。相談くらいなら只《ただ》で乗ってあげるから」

九尾はサイドボードの上の鞄《かばん》に手を伸ばしてスマホを取り出した。

「お、いいの⁉」

「何か申し訳ないわね」

二人と連絡先を交換する。

そのあと、桜井と茅野は九尾の体調を考慮して、早々に帰る事にした。

「それじゃあ、お大事に」

茅野が右手の指先をひらひらと動かした。

「うん、ありがとう」と九尾が言うと、桜井が戸口で無邪気な微笑みを浮かべて言う。

「またね。九尾センセ」

そうして、二人は病室を後にする。

「先生ね……」

独りだけになった病室で九尾はくすぐったいような心持ちになり微笑んだ。

と、そこで、九尾は、はっとする。

素人が心霊スポットに足を踏み入れる事は危険であると、二人に忠告するのをすっかり忘れていた。

「あ……」

「……まあ、いっか。流石に今回で懲りたでしょ。あの二人」

それから、九尾は心霊関係の事案に理解のある知己の警察関係者へと連絡を取り留置中の堀光明について便宜を図ってもらうために、再びスマホを手に取った。

◇◇◇

桜井と茅野が九尾への報告を終えて、病院の玄関から外に出たすぐあとの事だった。

二人は顔を見合わせる。

「……案外、呪われても何とかなるもんだね」

「そうね」

九尾の予想に反して、二人はまったく懲りていなかった。むしろ、よく解らない自信をつけてしまったようだった。

「次はどうする？」

「もっと、ヤバい場所へ行きましょう」

茅野は桜井の問いに、悪魔のような微笑を浮かべた。

こうして、二人は心霊スポット探索の更なる深みへとはまり込むのだった。

一方の冨田と堀は後日、退院間近の九尾の許《もと》を訪れて心霊動画投稿から足を洗うつもりである事を明かした。

こちらの二人はしっかりと懲りたようである。

■report　亡者の家

亡者の家は、日本海側で有数の海水浴場の近くに所在する。

以前は若者やホームレスの立ち入りが多く、近隣住民からの通報が相次いだらしいが最近では、そういったトラブルも少なくなっている。

それは、この家に関する『立ち入る者はことごとく錯乱したり、鬱《ふさ》ぎ込んだりする』という不吉な噂話が広まったせいなのかは判然としない。

玄関脇の壁に描かれた『きけん！　モウジャに喰《く》われるぞ！』という落書きから、足を踏み入れた者は亡者に取り憑かれると噂になり、〝亡者の家〟と呼ばれるようになったと言われる。

この家では二〇〇七年に火災が発生し、そのとき独りで留守番をしていた十八歳の少年が亡くなっている。更にその凡《およ》そ一年後に、少年の両親が近くの断崖《だんがい》から身を投げたのだという。

他にも遊び半分で、この家に足を踏み入れた者が何名か自ら命を絶つなどして死亡している。

危険度ランク【A】

File4

棟蛇《かがし》塚《づか》

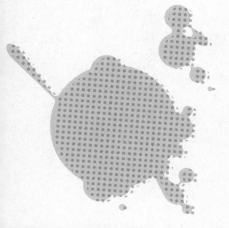

【00】 棟蛇塚の怪

藤見市の南部に広がる蛇沼新田《へびぬましんでん》という肥沃《ひよく》な田園地帯の真《ま》っ只中《ただなか》に、棟蛇塚《かがしづか》はぽつんと所在していた。

田園の海原に浮かんだ孤島のような盛土で、直径二十メートル程度の広さはあった。周囲を桜の木立が囲んでおり、中央には道祖神らしき石像の祀《まつ》られた小さな祠《ほこら》が建っている。

この場所について、昔から蛇沼新田一帯では次のような言い伝えが残されていた。

棟蛇塚の方角を見てはならない。そこには〝カカショニ〟がいるかもしれないから。

もし見てしまったら、すぐに目を逸《そ》らして井戸の水を頭から被《かぶ》り、身を清めなくてはならない。

そうしないと、おかしくなって死んでしまうのだという。

◇◇◇

黄金色の稲穂が秋風にさざめく、ある日の夕暮れ時の事。

十一歳になったばかりの西木千里《にしきちさと》は、近所に住む吉島拓海《よしじまたくみ》と共に蛇沼新田を突っ切る長い農道を歩いていた。

吉島は高価なデジタル一眼レフを肩からかけた三十前のもっさりした男であった。彼はカメラが趣味で、よくこうして農道をうろつき、風景や野鳥の撮影にいそしんでいた。そんな彼に、西木の方から話しかけた。

この頃の彼女は春先に県外から引っ越してきたばかりで、新天地の生活に馴染《なじ》めず、いつも独りぼっちだった。誰でも良いから自分の話を聞いて欲しかったのだ。

それだけが吉島に話しかけた理由であり、当初は彼自身にまったく興味がなかった。

しかし、吉島と交流を重ねるにつれ、西木は次第に彼の優しさと、真剣にファインダーを覗《のぞ》く横顔に惹《ひ》かれていった。

この日も撮影を終えた吉島と共に二人で帰る途中だった。

すると何の話の流れか、西木は吉島にこんな質問をした。

「ねえ。おにーさんは、コンクールとか出したりしないの？」

「え……うーん」

彼女の左隣を歩く吉島は一瞬、面食らった表情をして、すぐに真面目な顔つきで考え込む。

こうして、歳の離れた自分の質問にも真剣に答えようとしてくれる。そんなところが大好きだった。

吉島はたっぷりと間をおいて質問に答えた。

「僕は、別にいいかな。そういうの……」

「何で？　おにーさんの写真、すごい綺麗《きれい》じゃん。初めて見た時、わっ！　て、なったし！」

するとと吉島は、夕暮れの赤い光の中でもそれと解るほどに頬を紅潮させ、照れ臭そうに笑う。

「ありがとう。でも……やっぱり、僕なんかじゃ無理だよ。そういうの……もっと凄《すご》い写真を撮れる人は沢山いるし」

そこで西木は思案する振りをして、その提案を口にする。

「じゃあさ、じゃあさ……」

「何？」

「私を撮ってよ」

「は!?」

吉島の目が点になる。

西木は右手の人差し指を立てて得意気な顔で言う。

「おにーさんの写真の腕と、私の可愛さがあれば無敵でしょ？　そうすれば、きっと、何かのコンクールで賞を総ナメじゃん！」

「えっ……でも」

戸惑う吉島に、西木は悪戯《いたずら》っぽくはにかむ。

「セクシーな水着くらいだったら着てもいいよ。……ヌードはまだ駄目だけど」

「な……何を言ってるの、千里ちゃん……」

と、吉島は盛大に慌てて周囲をキョロキョロと見渡す。きっと今の会話を誰かに聞かれてやしないかと焦ったのだろう。

それを見て西木は盛大に噴き出す。

「あはははは。そんなに焦らなくたっていいのに。私みたいな子供相手に。それに、こんな田んぼの真ん中で、誰も聞いてないってー」

西木は自分と親しく話をしている吉島が、大人たちにどう思われているのか知っていた。そのせいで彼が自分に遠慮している事も。

「勘弁してよ、もう……また、からかってさぁ」

吉島が唇を尖《とが》らせる。

その顔がおかしくて西木は再び爆笑した。

そうして、ひとしきり笑い終わったその時だった。

西木の右眼の視界の隅で何かが動いた。

反射的にそちらの方を向こうとする。

それは、稲穂の海の向こう側にぽっかりと突き出た浮き島のような場所。

その周りを囲む木立の向こうに、何かがいた。

白く、揺らめく、まるで、それは……。

「千里ちゃん！　見ちゃ駄目だっ！」

　突然、吉島が大声をあげて彼女を、ぎゅっと抱き寄せた。

　鼻先を汗ばんだポロシャツに包まれた胸に埋める西木。

「えっ、何、何？……ちょっと！　急に何なの……」

「〝カカショニ〟だ……」

「かか……何？」

　どうにかもがいて、彼の顔を見あげる。

　すると、吉島はまるで世界の全てに絶望しきった表情で唇を戦慄《わなな》かせていた。

「ど、どうしたの？　おにーさん」

　西木が再び背後の棟蛇塚の方を見ようとした。すると吉島が左腕で彼女の首を強引に抱え込む。

「駄目だ。あれは、見ちゃ駄目なんだ……」

「ちょっと！　放してよ！」

　彼は何を見てはいけないと言っているのだ。あの白いモノは何だ。西木にはさっぱり訳が解らなかった。

　やがて吉島は、そのまま右手で持ちあげた一眼レフのファインダーを、ゆっくりと覗き込む。

「うわあああああっ」

　すると、西木は唐突に突き飛ばされ、後方へよろめく。

「ちょっと！　本当におにーさん、どうしたの!?」

　吉島は青ざめて震えたまま何も答えようとしない。

「おにーさん……」

　西木は、ゆっくりと田んぼの方を見た。

　すると、あの白い何かは、跡形もなく消え失《う》せていた。

【01】　カカショニ

　それは期末テストが差し迫った六月下旬。藤女子オカルト研究会部室に来客があった。

「ふーん、いい感じじゃん」

　と、室内を見渡しながら言ったのは西木千里だった。

　もうすぐ十七歳になる彼女は、制服をお洒落《しゃれ》に着崩してしっかりとメイクをするようになっていた。はっきりとしたアイラインに存在感のあるつけ睫《まつ》毛《げ》。髪は明るいグレージュのギャル巻きで、チークはリップと同系色の薄桃色だった。

　高校生になった彼女は日々真面目に写真部の活動に勤しんでおり、大きなコンクールで賞を取った事もある。一年の頃から〝写真部のエース〟などと言われていた。

　そんな彼女の首に吊《つ》るされたカメラを見ながら茅野がほくそ笑んだ。

「ライカTにMマウントのオールドレンズを使っているのね」

その言葉を聞いた西木の表情が一気に喜色を帯びる。

「おっ、茅野さんも、カメラやってるの？　こういうの解るクチ？」

「貴女《あなた》ほど本格的ではないけれど。少しは心得があるわ」

と、茅野が答える。すると、そこで桜井が椅子を引いて西木に着席を促した。

「まあ、立ち話もなんだし、座ってよ」

「あ、うん。ありがとう」

西木が椅子に座ると、桜井も腰を落ち着ける。茅野は冷蔵庫から水出し珈琲《コーヒー》のピッチャーを取り出して、グラスにつぎ始めた。

「それで、私たちに話って何なのかしら？」

どうやら、西木はオカルト研究会の二人に相談事があるらしい。彼女は二人のクラスメイトであったし、仲も悪くはなかった。しかし、相談事をし合えるような深い間柄ではない。

そんな訳で、桜井が当然の疑問を口にする。

「そもそも、何であたしたちに？」

すると西木は申し訳なさそうに微笑んだ。

「……いや、噂を聞いたから。桜井ちゃんが、そういう人だって」

「そういう人？」

ますます桜井は困惑する。すると、今度は西木が怪訝《けげん》そうな顔になった。

「えっ。桜井ちゃんって霊能力とかある人なんでしょ？」

「あたしが……？」

桜井が目を丸くする。茅野はグラスを配りながら苦笑した。

「いくらオカルト研究会の部長だからって、梨沙さんに、そういう能力がある訳ではないわ」

「でも、みんな言ってるけど……桜井ちゃんはこっくりさんを腹パンでやっつけた事があるって」

「チンピラと、ひとりかくれんぼの霊にパンチしたけど……」

桜井は記憶を探るが何も思い出せないようだった。

恐らく噂が一人歩きして尾ひれがついてしまったのだろう。桜井梨沙と茅野循といえば、藤女子きっての変人として知られている。そうした噂が立つのも、さもありなんであった。

茅野は自己完結して、腰をおろした後で話を先に進める事にした。

「つまりは、西木さんは何らかの問題を抱えていて、その解決にはそうした力が必要だっていう事なのね？」

神妙な顔で頷《うなず》く西木。

「……とりあえず、相談内容を知りたいわ。話してみてくれるかしら？　もしかしたら、力になれるかもしれない」

「解った」

と、了承した後、西木は言葉を選びながら、ゆっくりと語り始める。

「実は私の師匠の事なんだけど……」

「師匠？」

桜井が聞き返すと、西木は懐かしそうに目を細めた。

「師匠っていうのは写真の師匠。とは言っても、私が心の中で勝手にそう呼んでいるだけで、その人から何かを教えてもらった訳じゃないんだけど」

そう言って、テーブルに置いたライカTに視線を送った。

「その人も、ライカ、好きだったんだ。師匠の写真を見て、私も絶対にライカで撮りたいって思って」

「ライカの色味には、人を惹《ひ》きつける独特の良さがあるわね」

茅野の言葉に西木は勢い良く頷いて同意する。

「そうそう。だから、私もバイトでお金を貯めて、このカメラ買ったんだ」

「そなんだ」と、桜井が相づちを打つと、茅野が脱線した話を元に戻す。

「それで、その師匠が、どうしたのかしら？」

「ああ、うん……」

西木は六年前の初秋の夕暮れ時に見た、あの白い何かについて語り始めた。

◇◇◇

「後で知ったんだけど、蛇沼新田の辺りじゃ〝カカショニ〟って言われてるみたいなの」

「……成る程。伝承では、そのカカショニを見るとおかしくなってしまうと」

茅野の言葉に西木は頷く。

「カカショニって何語？」

と、桜井が首を傾げると茅野は「さあ」と肩を竦《すく》めた。

そして、西木が力なく話を続ける。

「それで、そのあとずっと、師匠、黙り込んじゃって……」

「結局、貴女の師匠はどうなったのかしら……？」

茅野が話を促すと、西木の表情に暗い影が差した。

「……その日の夜に師匠は……殺されたの」

「殺された……？」

突然、飛び出した物騒な言葉に茅野は桜井と顔を見合わせる。

「小茂田《こもだ》源造《げんぞう》っていう人に……」

西木の師匠こと吉島拓海は六年前の初秋、小茂田宅の敷地内に不法侵入し、鉢合わせた源造と取っ組み合いになって頭を強く打ち、意識を失った。そのまま亡くなったらしい。

「……これはね。あとから聞いた話なんだけど」

吉島は小茂田の妻である愛弓《あゆみ》に横恋慕していたのだとか。噂では、かなりしつこくストーキングしていたらしく、ときおり小茂田の家の周囲でカメラを持った彼の姿が見かけられたのだという。

「……師匠は東京の大学を卒業してから県外で働いていたんだけど、ストレスで身体を壊して、こっちに帰ってきてね……ずっと、働いていなかったんだって」

「成る程……つまり、貴女の師匠は集落の住人からすると無職の怪しい男だったと」

茅野のはっきりとした物言いに西木は弱々しく笑う。

「でも、師匠は悪い人じゃなかったよ。私ね、その頃、両親が離婚して、こっちに引っ越してきたんだけど……」

元々、西木の母はこちらの生まれらしい。母と一緒に六年前の春、この県へとやってきたのだという。

当時、西木の母方の祖母が他界し、まだ祖父も定年前で仕事をしていた。

母も当然ながら家計を維持する為には仕事に出ざるを得ず、更に学校でもうまく馴染《なじ》めなかった彼女はいつも独りだった。

「……そんな時に話し相手になってくれたのが、師匠だったんだけど」

そこで桜井が、まるで食べ物の話でもするような気安さで問う。

「好きだったんだ？」

西木は遠い目をしながら、はにかむ。

「うん。全然、イケメンじゃなかったんだけどね。優しい人だったよ。当時、私と一緒にいるところを見たやつらが、ロリコンの盗撮魔だなんて、噂してたけど」

「二〇一三年頃といえば、ちょうど、そういった事に風当たりが強い時期だったわね」

茅野が苦笑する。

その頃、藤見市近郊では幼い少女が犠牲になった殺人事件が立て続けに発生していた。因《ちな》みにその犯人は、未《いま》だに捕まっていない。

「それでも、師匠は嫌な顔一つせずに、真剣に私の話を聞いてくれた。頼んでも私の写真は一枚も撮ってくれなかったけど」

「ふうん。優しいお兄さんだったんだね」

その桜井の感想に、西木は「おにーさんじゃなくて、三十くらいのおじさんだったけどね」と言って笑った。

「つまり、西木さんの目から見て師匠の吉島さんは、横恋慕した相手の家に押しかけるような、粗暴な人間ではなかったと？」

茅野が問うと西木は力強く頷く。

「そうよ。きっと師匠はカカショニのせいでおかしくなったに違いないわ」

「要するに、私たちに、敵討ちをして欲しいって事？」

桜井は、しゅっ、しゅっ、と椅子に座ったまま虚空に向かって右ストレートと左フックを繰り出す。

「敵討ちはしたいけど、桜井ちゃんと茅野さんもおかしくなっちゃったら怖いし、そこは無理しなくてもいいよ。それより……」

と、言葉を区切り西木は一度、うつむいてから顔をあげる。

「師匠が……あの人が……カカショニのせいでおかしくなったって、証明できたらそれでいい。私の師匠が本当は優しい人だったんだって……みんなが解ってくれれば……それで良いから……」

西木はそう言って悲しそうに微笑んだ。

【02】再会

二〇一二年二月。

それは吉島拓海が心身を壊して蛇沼の実家に帰郷してから迎えた、初めての冬だった。

その日も吉島は昼前に目覚め、のそのそと起きて身支度を整える。

独りで適当に食事を取ったあと、カメラなど撮影用の機材を持って田園地帯へと向かう。

この日は珍しく晴れ間が覗《のぞ》いていた。懐かしさすら感じられる暖かな陽光が白銀に染まった世界を照らしあげている。

蛇沼の集落から田園地帯へ出るまでの間、何人かの近隣の住人とすれ違う。白い息を吐きながらスノーダンプやスコップを片手に雪かきにせいを出していた。

一応、吉島は黙礼をするが、ことごとく無視される。その度に自分が世界に必要とされていない気がして胸が痛んだ。

自分の現状に対して、このままではいけないのはよく解っていた。しかし、必ずそこで思考が止まる。何も考えたくなくなる。いつも堂々巡りであった。

そんな鬱々《うつうつ》とした心持ちのまま、吉島は集落を出て広大な田園地帯に辿《たど》り着く。

澄み渡った空気に遠い青空。

そこにはまるで城塞《じょうさい》のような雲がいくつも浮かんでおり、低く唸《うな》るような風の音が空いっぱいに響き渡っていた。

吉島はサングラスをかけて田んぼの方を見渡した。

何もない荒涼たる白。どこまでも続く大雪原がそこにはあった。

深呼吸をして清廉な空気を肺にいっぱい取り込むと、ほんの少しだけ気分がマシになったような気がした。

すると、そこで前方からやってきた軽自動車が、百メートル先ぐらいで前輪を沿道に脱輪させてしまった。エンジン音を撒《ま》き散らすだけでタイヤは虚《むな》しく空転を繰り返す。

しばらくして、運転席の扉が開いた。その中から現れたのは、モコモコとした防寒着姿の小茂田愛弓だった。

彼女は一瞬だけ吉島と目を合わせると、車体を押し始めた。

吉島は迷う。

ここは当然ながら手伝うべき場面だ。

しかし彼は心身を壊して以来、人と話すのがすっかり苦手になってしまった。

おまけに小茂田愛弓とは、ほとんど口を利いた事がなかった。一応は同い年で小中学校の同級生であったが接点はまったくない。

自分が集落であまり良く思われていない事は、彼女も知っているはずだ。話しかけたら嫌な顔をされるかもしれない。

どうせ手を貸さなくても、そのうち誰かやってくる。その人に助けてもらえれば……。

まるで少年のように思い悩む吉島の脳裏に友人から小耳に挟んだ噂話が甦《よみがえ》る。

彼女は夫の源造や義母とうまく行っておらず、集落でも孤立しているらしい。

自分と同じだ。ふとそんな考えが心に浮かんだ。

その瞬間だった。彼女の方へと一歩踏み出している自分に気がついた。完全に無意識だった。

そのまま車の近くまで駆け寄り、勇気を出して声をかける。

「て……手伝いま……す」

そのとき、小茂田愛弓は、ほっとした様子で礼を述べた。

【03】蛇沼新田へ

「別に無理だったら、断ってくれて構わないから」

そう言い残し、西木は部活動へと行ってしまった。

桜井と茅野は、彼女の相談内容について吟味する。

「……で、カカショニって結局、何？」

桜井の問いに茅野は大して悩まずに答える。

「ぱっと、思いつくのは〝くねくね〟よ……」

「くね……くね？」

桜井が両手を頭上にあげ、上半身をくねらせながら言った。その動きに頬を緩ませながら茅野は解説する。

「くねくねは二〇〇三年頃に流布し始めたネット怪談よ。田んぼや水辺に現れる白または黒のくねくね動く何かで、それを見続けると精神に異常をきたすと言われているわ」

「まさに、カカショニと同じだね」

「一応は創作怪談という事にはなっているけれど福島の〝あんちょ〟や東北の〝タンモノ様〟など、似たような妖怪《ようかい》の伝承が農耕の盛んな地には残っているわ」

「ふうん」と、解ったような解らないような相づちを打つ桜井。しかし、茅野は気にせずいつも通り話を続ける。

「一説によれば、これらの存在は農村部に伝わる蛇神信仰と関係の深い存在らしいのだけれど、正体は判然としないの」

「なるほど。なかなか面白そうだし、次は棟蛇塚にしようよ。ここも一応は心霊スポットって事でいいよね？」

「いいわね。あのくねくねと類似の怪異……できれば生きたまま捕獲したいけれど」

二人ともノリノリである。

「兎《と》も角、カカショニを倒すには、目に頼らず相手の気配だけを感じて戦う練習をしないとだね……」

桜井が難しげな顔つきで考え込む。茅野はというと、呆《あき》れ顔で言った。

「貴女《あなた》なら本当にできそうな気がするけれど、我々にはカカショニより先に挑まなければならない相手がいるわ」

その言葉に桜井は首を傾げる。

「え、誰だろ？」

茅野は悪戯《いたずら》っぽい笑みを浮かべながら答える。

「期末テスト」

「うへえ」

と、桜井は盛大に顔をしかめた。

◇◇◇

期末テストが終わり、夏休みを待つばかりとなった七月初頭の放課後。

桜井と茅野は西木と共に、藤女子の校門前から路線バスに乗り蛇沼新田を目指した。

地平の果てまで埋め尽くす田園地帯の稲は、まだ色づいておらずに短い。田んぼの中にそそり立つ送電線の鉄塔が、遠くに霞《かす》む見知らぬ町まで列をなしていた。そんな風景の中をバスはひた走る。

三人は最後尾の座席に並んで座り、とりとめもない会話にせいを出す。

「……じゃあ、西木さんは、将来はカメラマンを目指しているという訳ね」

「うん。ちょっとコンテストの審査員やってたプロの人と、つてができたから高校を卒業したら、その人に付いて本格的に勉強させてもらうつもり。何か、ちょっと挨拶《あいさつ》したら、妙に気に入られちゃって……」

西木は照れ臭そうに笑うと、茅野へと話を振る。

「茅野さんは？　やっぱり、進学？」

「そうね……」

茅野は首肯して、推薦で県内の大学を受けるつもりである事を明かした。そこで窓の外を見ながら、ぼんやりとしていた桜井が話に割って入る。

「あたしはねー……」

　このとき茅野は、どうせ彼女の事だから『宇宙最強の女になる』とか言い出すんだろうな……と、高を括《くく》っていたのだが……。

「本格的に料理の修業をして、まずは調理師免許を取るよ」

「へえー。桜井ちゃんって料理できるんだ？」

　西木が目を丸くする。

「うん。作るのも、食べるのも好き」

　桜井は屈託なく笑う。

「智子さんのお店かしら？」

　と、茅野が問うと桜井は首を横に振る。

「ううん。身内のとこだと甘えが出るからね。義兄《にい》さんの知り合いのレストランでしっかり修業する。もう話はついているんだ」

　いつもぼんやりとして子供っぽい親友が、意外にもしっかりと将来を見据えていた事に、茅野は驚いた。

「……いずれは、自分のお店を持ちたいものだよ」

　そう瞳《ひとみ》を輝かせて語る桜井に、茅野は素直に謝罪する。

「……何かごめんなさい、梨沙さん。貴女はいつも、私に新鮮な驚きを与えてくれるわ」

　当の桜井は唐突な謝罪を受けて、きょとんと首を傾げた。

「ん？　それは、どうも」

そこで、右手の窓の向こうに、木立に囲まれた黒い盛土が現れる。西木はそちらを顎《あご》で指すと小声で言った。

「見て。あれが棟蛇塚よ」

「カカショニいないね……」

桜井がまあまあ大きな声で、その言葉を発する。

すると、車内にいた何人かの年配の乗客が眉《まゆ》をひそめた。たちまち排他的な田舎特有の空気が車内に漂い始める。

西木は苦笑いを浮かべた。

一方の桜井と茅野はどこ吹く風といった様子だった。

それからすぐに、バスは緑色の海原に浮かぶ集落手前の停留所へと到着した。

◇　◇　◇

三人は降車すると集落内を闊歩《かっぽ》する。

因《ちな》みに、この蛇沼地区は行政区画的には藤見市と隣接する来津市《らいつし》に属する。

ときおり自家用車や軽トラックとすれ違うも、往来に人の気配はない。

古い大きい家が並び、それらの庭先にはお稲荷《いなり》様の祠《ほこら》や柿の木、歴史を感じさせる立派な土蔵が見られた。道に沿って用水路が流れており、分岐点には道祖神が祀《まつ》られている。

「そう言えば、聞きそびれていたのだけれど、その吉島さんを殺した小茂田という男は、いったいどういう人物だったのかしら？」

茅野が発したその質問に西木は答える。

「小茂田は、この辺りでは有名な名家の血筋なの……」

西木は忌々しげな表情で語る。どうやら彼の親戚《しんせき》には警察に影響力のある人物がいるのだという。

「小茂田は短気な乱暴者で、若い頃は随分とやんちゃをやらかしていたって話。相当ヤバかったらしいけど、その親戚の力で一回も警察に捕まった事がないんだって」

「よくいる、ろくでなしのボンボンって訳だね」

桜井の身も蓋《ふた》もない評価に西木は苦笑する。

「……では次に、その吉島さんが横恋慕していたという噂の愛弓さんという女性は？」

茅野の問いに、西木は申し訳なさそうな顔で首を振った。

「それが、私、その人の事を知らないんだ」

「知らない？」

茅野が首を傾げる。

「ちょうど、私が蛇沼に引っ越してくる半年前くらいだったらしいんだけど、その愛弓さんが家出したんだって」

小茂田愛弓は県庁所在地のキャバクラに勤めていたらしく、その客と駆け落ちしたらしい。どうやら、夫婦仲は良くなかったようだ。

「小茂田と結婚してすぐに愛弓さん、流産したらしいんだけど……」

「らしいんだけど？」

桜井が問い返し、西木は言い辛《づら》そうに答える。

「小茂田が暴力を振るっていたんじゃないかって……それが原因で……」

「その小茂田って、クソだね」

桜井がばっさりと切り捨てる。西木は苦笑して注釈を付け加えた。

「お母さんとお祖父《じい》ちゃんが話しているの聞いただけだから、どこまで本当か解らないけど」

「じゃあ、吉島さんが小茂田家に侵入した時には、既に愛弓さんはいなかったって事なのね？　そして、それは周知の事実だった」

茅野が顎に指を当てながら考え込む。すると西木が鹿爪らしく言った。

「師匠は愛弓さんの事で小茂田を妬《ねた》んでいたっていう話だけど、愛弓さんはもういないのに小茂田の所に行くなんて、おかしいでしょ？　やっぱり、カカショニを見たから変になったのよ、きっと」

「まだ何とも言えないけれど、当日の吉島さんの行動には、疑問の余地が残るわね……」

茅野はうつむき加減で思案し始めた。すると、そこで、桜井が声をあげる。

「そう言えば、あたしも聞き忘れてたけど……」

「何？　桜井ちゃん」

「今日はこれからどこへ行くの？」

その疑問に茅野は右手の人差し指を立てて、得意気な表情で言う。

「〝彼を知り己を知れば百戦殆《あやう》からず〟よ」

「お、孫子《そんし》だね」

「あら、梨沙さん、知っていたのね」

「戦いの基本だからね」

西木が話を引き継いだ。

「これから、この道の先にあるお寺に行って、住職からカカショニの伝承について色々と聞かせてもらう予定よ」

「へえ。その人と西木さんは仲良いの？」

その桜井の質問に西木は頷《うなず》く。

「その人、師匠の同級生で、ほとんど唯一の友だちだったらしいんだ。それで師匠の立場にも同情的な人でさ……師匠が死んだ後に色々と話を聞かせてもらったり、こっちの話を聞いてもらったり……けっこう可愛がってもらっててさ」

「ふうん」

と、桜井が気の抜けた相づちを打った後、何気ない調子で質問を発した。

「そういえば、西木さんが卒業してからお世話になるプロの人って、男の人？」

「うん。そうだけど？」

「西木さんって、年上キラーなの？」

その桜井の質問に西木が苦笑する。

「いや、そんな事はないと思うけど……あはは。多分」

そのすぐ後だった。

曲がり角の向こうに竹垣と入母屋《いりもや》造りの屋根が見えてくる。

三人は安蘭寺《あんらんじ》へと到着した。

【04】逢瀬

その日の昼、吉島拓海はバスに乗り、最寄りの駅へと向かった。そのあと電車に乗り継ぐ。目的地は県庁所在地の駅ビルの中にある家電量販店だった。

特に用事があった訳ではなかった。

ここ数日ずっと天候が悪く、家の中で塞《ふさ》ぎ込んでいたので気晴らしのつもりだった。

しかし、そこで思わぬ人物と再会する。

「吉島くん……」

駅の改札を出てすぐに名前を呼ばれる。吉島は驚いて背筋を震わせて振り向いた。

「こんにちは」

小茂田愛弓だった。

「あ……あ……こ、こんにちは」

口ごもりながら挨拶《あいさつ》を返すと、彼女は気安い調子で話しかけてきた。

「買い物？」

「あ……うん。ちょっと」

言葉に詰まる。しかし、彼女は気にした様子を見せずに会話を続けようとする。

「私はね、アルバイト。車のエアコン壊れちゃって修理に出しているから、電車で来たんだけど。まさか吉島くんと会えるだなんて嬉《うれ》しい」

「あ……う……」

頬が赤くなるのが自分でもよくわかった。

「あの……」

「うん」

「あの……その……」

吉島がモゴモゴと口の中で言葉をさ迷わせる間、彼女は急《せ》かす事なく、じっと待っていてくれた。それがとても嬉しかった。

「何の仕事？」

「この近くのカラオケ」

「そ……そうなんだ」

「ねえ」

「……な、何？」

「時間あるなら、少し付き合ってよ。まだシフトまでけっこうあるんだ」

どうやら、かなり早めに出てきたらしい。本来ならウインドウショッピングを楽しむつもりだったのだとか。

「この前のお礼。お茶でもしよ？」

「あ……あ……」

吉島は断ろうと思った。しかし、彼女は駅構内の時計に目をやり、その言葉を遮るように言う。

「ちょっと歩くけれど、私のお気に入りのお店。もう何年も行ってなかったけど、まだやってるらしいから」

結局、押しきられてしまった。

そのあと吉島は愛弓と共に駅前の喧騒《けんそう》から少し外れた喫茶店へと向かう。

『異邦人』という店名で、雑居ビルの地下にあった。

昔ながらの純喫茶といった趣きの店で、大きな柱時計を始めとしたアンティークの調度品が店内を彩っている。その外界から切り取られ、時が止まったかのような空間を満たすのは、密《ひそ》やかな話し声と珈琲《コーヒー》の芳《こう》ばしい香りだけだった。

二人は薄暗い照明に染めあげられた古めかしい空間で、四十分程とりとめもない会話に興じた。

それによれば、今の彼女は小茂田の実家で暮らしている為に生活には困っていなかったが、家にいたくないのでアルバイトをしているらしい。

家にいたくない理由は話してくれなかったし、吉島も訊《き》く事はできなかった。

それ以外は、彼女に質問を受けてカメラの事や写真について、ぼそぼそと吉島が答える。

そうするうちに時間となり、連絡先を交換したあと、店の前で愛弓と別れた。

吉島は再び電車に乗って蛇沼へと帰還したのだった。

【05】煙草

西木が安蘭寺の玄関で呼び鈴を押すと、住職が直々に出迎えてくれた。清恵《せいえ》という名前で、丸眼鏡をかけた穏やかそうな痩身《そうしん》の人物だった。

挨拶を交わし居間へと通される。

三人は立派な楢《なら》の座卓を挟んで清恵と向き合った。

因《ちな》みにオカルト研究会ではなく、民俗学研究会の活動の一環であるという事になっていた。

寺に入る前、西木が部名を偽る理由を茅野に問うと、こんな答えが返ってきた。

「オカルトなどというとやはり胡散《うさん》臭いから」

西木は自分で言うなよ……と内心で突っ込んだ。

ともあれ、三人は清恵と天気や気候の事など当たり障りのない会話を交わす。そして彼の奥さんがお茶を運んできたあとに、茅野が本題を切り出した。

「……ええっと、それでカカショニについてなんですが」

「ああ、今日はその話だったね」

と、清恵は気安い笑みを浮かべてお茶を一口啜《すす》り、再び口を開く。

「カカショニは、元々、案山子《かかし》の鬼と書いてカカシオニって呼ばれていたんだ」

「案山子鬼……」

茅野がその不穏な名詞を繰り返す。

「そもそも案山子というのは、単なる鳥避《よ》けではなく田んぼを見守る存在だった」

清恵の言葉に茅野は頷き、淀《よど》みなく言葉を吐いた。

「鳥を驚かせて近寄らせないようにする目的なら煙や、音を立てる物……例えば鳴子や風車で構わないから、ヒトガタの必要はない。ゆえに案山子がヒトガタであるのは何かしらの信仰的な意味があるはずだ……確か柳田國男《やなぎたくにお》先生の説ですね」

清恵和尚は感心した様子で目を細める。

「その通りだ。流石によく知ってるね」

一方の桜井は、茶菓子入れの寒天ゼリーに手を伸ばし始めていた。

清恵が話を続ける。

「この一帯の伝承では、田畑の守り神は、元々死者の魂だったと云《い》われている。ご先祖様の霊が怖い鬼となり、田んぼに害をなす悪いものを脅かす訳だね」

「いわゆる守護霊みたいな……？」

と、西木。その言葉に清恵は頷く。

一方の桜井はハッピーターンをぼりぼりと頬張っていた。それを横目に茅野が問う。

「では、カカショニは、良くない存在ではないという事ですか？」

「そうだね。そしてカカショニは、その死者の生前の姿で田んぼの中に現れる」

「田んぼの中に？」

茅野は清恵の返答に怪訝《けげん》な顔で首を捻《ひね》った。

「そう。こう手を振って……」

すると、清恵が右手をあげてゆっくりと振った。

その動作を見て、西木は大きく目を見開く。

「どうしたのかしら？」

茅野が問うと西木は頭《かぶり》を振ってうっすらと微笑む。

「いえ……」

「良いかい？　話の続きをしても」

問われた西木が無言で頷《うなず》き、清恵は話を続けた。

「……それで、新田開発が行われる以前、ここら辺には大きな湿地が広がっていた。そこには人を喰う大蛇が住んでいたらしい。その大蛇に嚙《か》まれた者は全身に焼けるような痛みが走り、錯乱して踊り狂うんだそうな。その蛇と出会ったら、眼を合わせちゃならないとの言い伝えも残っている。蛇の眼を見た者は嚙みつかれるとね。この伝承と田んぼの守り神の伝承が混ざり合い、カカショニが生まれたのではないだろうか。もっとも、これは僕の推測だけどね」

「成る程。古い言葉で蛇を意味する棟蛇に案山子……音が似てますね」

和尚の話を聞いた茅野は納得した様子で頷く。

「じゃあ、本来はカカショニを見ても、おかしくなったりはしないという事なの？」

西木の質問に和尚は首肯する。

「カカショニを見た後に〝水を被《かぶ》らなければならない〟というのも、蛇の毒を洗い流さなければならないというところからきているのだろう」

そこで、まったく話を聞いていないように思われていた桜井が、欄間の透かし彫りを見あげながら質問を発した。

「じゃあ、あの棟蛇塚は、いったい何の為の場所なの？　棟蛇塚の方向にカカショニは出るらしいけど……」

この問いには、清恵よりも早く茅野が答えた。

「それは、この集落から見て、楝蛇塚は艮《うしとら》の方角にあるという事が関係しているのだと思うわ」

「うし……とら？」

桜井が首を傾げると、茅野が解説する。

「艮は北東の方角。陰陽道《おんみょうどう》では鬼門……つまり、鬼が入ってくる方向だと云われているの。だから楝蛇塚は、この方角から案山子鬼がやってくるという目印になっているんじゃないかしら」

「その通りだよ。凄《すご》いね、君は」と和尚は嬉《うれ》しそうに笑う。

桜井は「ふうん」と、いつもの解ったような解らないような返事をして、ルマンドをパクついた。

すると、清恵が補足を加える。

「きっと、集落から楝蛇塚のある方角を見てはならないというのが転じて、いつしか、楝蛇塚そのものを見てはならないと、言い伝えが変化したんじゃないかと僕は思っている」

「じゃあ、別に楝蛇塚は見まくっても問題はないんだね」

その桜井の言葉に和尚は笑顔で頷く。

「でも、今でも、この集落の者たちは、楝蛇塚の方へは極力、目線を向けようともしない。僕個人としても、見ないに越した事はないと思う。カカショニが死者の霊魂なら、必ずしも良い影響ばかりをもたらすとは限らないからね」

因みに棟蛇塚は、この安蘭寺が管理しているらしい。年に一回、お盆の前に寺の者が雑草を刈って祠《ほこら》を掃除するくらいで、普段は誰も立ち寄らないのだという。

「まあ、蛇沼の人は迷信深いから」

西木が呆《あき》れた様子で肩を竦《すく》めた。

すると清恵が朗らかな口調で、彼女の言葉を否定する。

「いや、それが、あながち迷信だと馬鹿にした物でもないんだよ」

「どういう事ですか？」

茅野が問うと、清恵は記憶を探りながら語り出す。

「……あれは、千里ちゃんが来る前の年の秋頃だったかな。貝田《かいだ》の爺《じい》さんが深夜、親戚《しんせき》の通夜で藤見に行って息子の車で帰る途中に、棟蛇塚の方へと向かう真っ白い人魂を見たんだそうだ」

「懐中電灯か何かだったんじゃないですか？　犬の散歩とかジョギングとかの」

と、茅野。すると清恵はパタパタと右手で扇《あお》ぐ。

「いいや。さっきも千里ちゃんが言った通り、この蛇沼の住人は迷信深い。夜に棟蛇塚の方へ行く者なんか誰もいないよ。まともに見ようともしないんだから。余所《よそ》者ならば、尚更《なおさら》あんな何もない場所に用事はないだろうしね。もっとも、貝田の爺さんはずいぶんと酒が入っていたらしいから何かの勘違いかもしれないけどね」

「そうですか……」

茅野はどこか納得のいかない様子で、そう言った。

それから、話が一段落したのを見計らい、三人は清恵に礼を述べると安蘭寺を後にする。

外に出ると既に日は暮れ掛かっていた。帰りのバスの時間がもうすぐだったので、この日はお開きとなった。

三人は竹垣の門を出る。すると、その直後だった。西木が遠い目をしながらぼそりと呟《つぶや》く。

「私が見たカカショニ……あれ、女の人だった気がする」

「誰か知ってる人？」

桜井の質問に西木は首を横に振って「解らない」と答えた。

◇◇◇

路線バスの時刻まではもう少し時間があったので、桜井と茅野は西木の家にお邪魔する事にした。

古びた木造で、その二階に西木の部屋はあった。

室内は、本人の派手な外見とは裏腹に意外にもシンプルであった。

ハンガーにかけてある衣類や化粧道具は、それ相応のものが揃っていた。

しかし、その他に飾り気はいっさいなく、撮影機材やパソコン、写真撮影に関連した書籍が収まる本棚などが並んでいる。

その中のカメラやレンズが収納されたキャビネットの上だった。

ぽつんと、ショッキングピンクの薄汚れたテディベアが置かれている。

女子の持ち物としては違和感はないが、この西木の部屋においてはどうにも浮いているように茅野には思えた。

部屋に入るなり、その事を指摘しようとする。

「西木さん……」

「何？　茅野さん」

「このテディベアは……」

「ああ。それ、師匠の形見分けにもらったの。師匠の両親はカメラを持っていってもいいって言ってたけど……」

茅野は苦笑する。

「そう言えば、吉島さんはライカ使いだったわね」

ライカは値が張り、価格が数十万円を超える。

西木のライカTはその中でも安い方だが、それでもレンズ抜きの中古で十万前後はする。流石に西木も遠慮したのだろう。

「そのぬいぐるみ、何か師匠の趣味じゃないなって……全然、似合ってなくて」

つまり、西木も今の茅野と同じ違和感を覚えたらしい。

「じゃあ、吉島さんは、ぬいぐるみを部屋に飾ったりするような人じゃなかった？」

そう問いながら、茅野がぬいぐるみを手に取る。一方の桜井はちゃぶ台の脇のクッションに腰をおろすと、壁に飾られた額縁の写真に視線を這《は》わせていた。

そんな彼女を横目にしながら西木は茅野の問いに答える。

「写真のモチーフも風景ばかりだし、何か特別な思い入れがあったのかなって……それに」

「それに？」

と、桜井が鸚鵡《おうむ》返しに問うた。

すると、西木はテディベアの鼻先を、つん、と突っつき寂しそうに笑う。

「何か、そっくりなんだ。このテディベアの顔。師匠に……」

すると、茅野はテディベアに顔を近づけて、クンクンと鼻を鳴らしながらつぶさに観察し始める。

「ねえ、西木さん」

「何？」

「吉島さんは、喫煙者だったのかしら？」

「煙草吸ってるのは見た事なかったけど……多分、違うと思う」

西木がそう答えると、茅野は部屋をきょろきょろと見渡し……。

「茅野さん？」

西木に顔を近づけてクンクンと匂いを嗅《か》ぎ始める。

「ちょっ、本当に、どうしたの？」

西木は頬を赤らめながら戸惑い、桜井の方に目線を向ける。桜井が「さあ？」と首を捻《ひね》った。

【06】人間のクズ

それは桜井と茅野が帰路に就く少し前だった。

小茂田富子《こもだとみこ》は居間の高価なソファーに腰を埋めて、針仕事にせいを出していた。趣味にしているテディベア制作である。

とはいっても、彼女が作るのは材料や型紙が一式揃った、簡単制作キットばかりであったが。

ともあれ、今も綿を詰めた手や足を丁寧に胴体へ縫いつけている最中《さなか》だった。居間の奥の入り口から息子の源造が姿を現し、何も言わずに横切って玄関の方へ向かう。

どうせまた、どこぞへ飲みに行くのだろう。

源造が働きもせず、浪費ばかりしているお陰で小茂田家の経済状態は思った以上に逼《ひっ》迫《ぱく》していたが、それでも何もしないでいてくれるだけマシだった。

以前の源造は誰彼かまわず暴力を振るい、トラブルばかり起こしていた。

父である源之助《げんのすけ》が他界して、ますます歯止めを失い、本当に手がつけられなくなっていた。

職を転々として、ろくに働きもせず、揚げ句の果てにはあの愛弓とかいう水商売の女を孕《はら》ませた。

源造は涙を浮かべながら『これからは、真面目に働くから』と、彼女との結婚の許可を求めてきた。

水商売の女というのが気に入らなかったが、所帯を持てばドラ息子も少しはまともになるだろうと考え、富子は渋々結婚を許可した。しかし、その判断は裏目に出る。

やはり、あの女と源造の結婚を許したのが、すべての間違いの元だった。

富子は、愛弓のいつも何かに怯《おび》えているような小動物じみた顔を思い出し、歯嚙《はが》みする。

「でも、もう少し我慢《ご》すれば……」

富子はそう独り言ち、フェルトの布地に力強く針先を押し込んだ。

◇◇◇

グラスの中で氷が揺れる音。

酔客のもたらす話題に、女たちが妖《あや》しい笑みを浮かべる。その頭上では古めかしいミラーボールが艶《つや》やかに煌《きら》めいていた。

そこは県庁所在地の駅近くにある、うらぶれた飲み屋街だった。その一角にある『キャバレーギャラクシア』の店内での事。

小茂田は右隣のキャバ嬢に腕を回しながら、麦焼酎《しょうちゅう》のつがれたロックグラスを呷《あお》る。次に煙草を吸い、たっぷりと煙を吹き出した。

「お前ら前田《まえだ》慶次《けいじ》って、知ってるか？」

その唐突な問いかけに、キャバ嬢たちは「知らなーい」と声をあげた。

すると、小茂田は得意げな顔で語り出す。

「俺は生まれる時代を間違ったんだよな。もし俺が戦国時代に生まれていたら、きっと今よりもっと評価されてたはずなんだけどよ。前田慶次も同じだ。あいつが、もっと早く生まれていれば歴史は変わっていた。だから、俺と前田慶次は同じなんだわ」

などと、呂律《ろれつ》の回らない口調で語り始める小茂田。

その薄っぺらい話が一通り終わり、ループし始めた頃だった。その日、初めて小茂田の接客を担当する事になった女が鼻に掛かった声をあげた。

「源造さん」

「なんだ？」

「源造さんって、この辺じゃ有名な方なんですよね？」

「ん、おうよ……カレンちゃん知ってるの俺の事？」

「ええ。噂で……」

小茂田源造は若い頃、この辺一帯で活動していた暴走族〝黒鬼死隊《くろきしたい》〟の総長として名を轟《とどろ》かせていた。

「俺が声をかければ百人は軽く動いたから」

この彼の話は事実で、かつての小茂田源造は悪童の王様だった。

腕っぷしが強く残虐で、元県警幹部の叔父《おじ》をバックに持つ彼には誰も逆らえなかった。

しかし、それはもう二十年近く前の話である。

今の小茂田は悪童でも王様でもない、酔っぱらいのいい大人でしかない。

ただ、彼は自分の現状が解らない程、愚かでもなかった。

大人になってすぐの頃は、やんちゃなままの自分を誇り、就職して所帯を持ち、どんどんまっとうになる仲間たちを鼻で笑って見下していた。

やはり本物のアウトローは自分だけだと己に酔っていたのだ。

しかし、三十歳が目前に迫った頃だった。

仲間たちが事あるごとに口にする「源ちゃんは変わらない」という言葉。それが何だか馬鹿にしているように聞こえ始めた。

そして、錆色《さびいろ》の髪をワックスで立てて、靴の踵《かかと》を潰《つぶ》しているのが、いつの間にか自分だけになっている事にやっと気がついた。

源造は言い様のない寂しさを感じ、焦燥感を覚え始める。

そんな時に出会ったのが、小中学の同級生だった飯代《いじろ》愛弓である。

この頃の愛弓は、ホスト崩れのヒモ男に引っかかり、その男を養う為に昼間のレジ打ちに加えて慣れない夜の仕事をやり始めたばかりだった。

その彼女が働き始めた店で偶然にも二人は顔を合わせる。

愛弓はどちらかというと大人しく真面目な性格で、やんちゃな小茂田とはまったく接点がなかった。

しかし、話すうちにお互い馬が合う事が解り、小茂田の強引なアプローチもあって、すぐに男女の仲となった。そこで小茂田は愛弓がＤＶを受けている事を知る。

彼はすぐに、そのホスト崩れを物理的にも精神的にも入念に追い込み、二度と愛弓に近づかない事を念書つきで誓わせた。この一件で二人の絆《きずな》はより深い物となる。

しかし、小茂田は後から当時を振り返り、自分は愛弓の事を本気で愛していた訳ではなかったのだろうと、自己分析していた。

愛弓は、まともな幸せを摑《つか》み損ねた女で、まともな大人になり損ねた自分と同じレベルに思えた。

そんな彼女があの頃の自分にはお似合いだったのだと、小茂田は結論付けていた。

「……でも、まあ見てろって」

ロックグラスの中に映し出される過去の幻影を眺めながら、小茂田は独り言ちるように口を開く。

「もう少しで、金が入ってくるから、そうしたら昔みたいに天下取ってやるよ」

小茂田は勢い良く酒を呷る。

すると「わあ、すごーい」などと、キャバ嬢たちが、薄っぺらい称賛の声をあげた。

【07】鍵開けスキル発動

次の日の放課後も、桜井と茅野は西木と共に蛇沼へと向かった。

この日は茅野の提案で小茂田の家を見に行く事になっていた。いくつか確認したい事があるらしい。

三人は安蘭寺から程近い場所にある集落の外れに向かう。

そこには一際大きく古めかしい三角屋根の家があった。

ぐるりと二メートルくらいはある塀に四方を囲まれており、両隣は他の家に挟まれていた。裏手は竹藪《やぶ》になっていて、その更に奥には幅が三メートル近くある用水路があり、その向こうには田園地帯が広がっていた。

表には狭い舗道が横切り、門は切妻屋根の棟門だった。インターフォンのパネルがあって、扉は堅く閉ざされている。

その前を横切りながら、茅野は険しい表情をしていた。それを眺めながら、西木がヒソヒソと桜井に耳打ちをした。

「茅野っち、どうしちゃったの？」

どうやら一晩経って〝茅野さん〟から〝茅野っち〟にクラスチェンジしたらしい。

訝《いぶか》しげな西木に対して、桜井は気安く笑う。

「だいじょうぶ。循は必要な事ならちゃんと説明してくれるし、この手の事で間違ったためしがないから」

「信用してるんだね。茅野っちの事」

西木は二人の友情に微笑ましい気分になる。すると、茅野が声をあげた。

「ここは、もういいわ。裏手へ行ってみましょう」

次に三人は小茂田家の裏手へと向かう。

田園地帯の方から回り込み、近くにあった用水路の水門の上を渡って竹藪に入った。

そのまま小茂田家へと向かう。

裏手の塀には小さな門があり、その扉はどうやら内側から南京錠で施錠されているらしかった。

「ニュースだと師匠は、ここの鍵を壊して侵入したらしいけど」

西木が眉間《みけん》にしわを寄せながら言う。

すると、門扉をガタガタと揺り動かしてから茅野は思案顔で独り言《ご》ちる。

「成る程……」

「どうしたの？」

桜井が尋ねる。

「まずはここを離れましょう」

三人は茅野の提案通り、来た道を戻る事にした。

竹藪を出て水門の上を伝い農道を行く。その道すがらに茅野は西木に問うた。

「……吉島さんの家って、どこにあるのかしら？」

「え……師匠の家？　当時、師匠が住んでいた家って事？」

「そうよ」

「ここから割りと近いけど……」

西木が戸惑いながら答える。

「今度はそこに行ってみたいわ。案内してくれるかしら？」

「でも、師匠の両親は事件があって、しばらくして引っ越したよ。今は空き家になってる」

父方の実家が県庁所在地の郊外にあり、吉島の葬儀もそっちの方で執り行われたのだという。

「構わないわ。……というか、好都合かも」

そう言って、茅野は悪魔のように微笑んだ。

◇◇◇

かつての吉島拓海の生家は、小茂田の向かいの家の裏手にあった。ブロック塀に囲まれた何の変哲もない二階建てである。

庭先は雑草が伸び放題になっており、窓はすべてカーテンで閉ざされ、中の様子は窺《うかが》えない。

門の前までくると茅野はあっさりと敷地内に足を踏み入れる。

そして、玄関の庇《ひさし》の奥にある磨《す》り硝子《ガラス》の引き戸へと目を向けた。

「玄関の鍵はクレセント錠みたいね」

次に茅野は庭先に足を踏み入れ、雑草を掻《か》き分け始めた。そこに桜井も続く。

「ちょっと、二人とも、どこ行くのよ……」

西木は少し迷った結果、二人の後を追った。

家の裏口の前に辿《たど》り着くと、茅野がそのドアノブを握りガチャガチャと捻《ひね》る。

「スタンダードな古いシリンダー錠ね」

そう言って、スクールバッグの中から布包みを取り出した。その包みを開くと中には見慣れない工具が並んでいる。

「誰かがこないか見張っていて」

「へ？」

西木は間抜けな声をあげて目を点にしたが、桜井は平然と「りょうかーい」という返事をした。

茅野は扉の前に膝《ひざ》を突き細い工具を両手に持ち、それで鍵穴《かぎあな》をガチャガチャとやり始めた。

基本に忠実なピッキングであった。

「な……茅野っち……」

流石に啞然《あぜん》とする西木。それから数分で裏口の鍵は解錠された。

平然とした顔でピッキングツールをしまう茅野。

「……けっこう時間をかけてしまったわ。最近、覚えたスキルだからまだ修練が必要ね」

そう言って、まるで自分の家であるかのように裏口の扉を開けて中に入る。

「お邪魔しまーす」

桜井も何食わぬ様子で後に続いた。茅野が振り返り扉口の外で啞然としたままの西木に向かって言う。

「あら。どうしたの？」

「い、いや……凄《すご》いね。茅野っち……」

「ん？……それより、早く中に入って」

「ああ、うん……」

西木は乾いた笑いを浮かべた。

◇◇◇

かつての吉島家の中には比喩《ひゆ》でも何でもなく、何もなかった。

家具も、ゴミも、瓦落多《がらくた》も……。

カーテンの隙間から射し込む光の帯の中に、粉雪みたいな細かい埃《ほこり》がたくさん舞っている。

「そういえば、西木さんは、この家には上がった事があるのかしら？　できれば吉島さんの部屋が知りたいのだけれど」

「家に上がった事はなかったかな……師匠の家に遊びに行きたいって頼んだ事はあるけど、流石に断られちゃって……」

「小学生なのに、けっこうグイグイ攻めてたんだねえ」

と、桜井が感心した様子で頷《うなず》く。

「師匠が本当にロリコンだったら襲われそうなくらいにはね」

西木は苦笑する。

すると、そこで何かを思い出した様子で、手を叩《たた》き合わせた。

「あ、そうだ。そういえば、師匠が前に自分の部屋の窓から藤見祭りの花火が見えるって」

それで『なら花火の時、部屋に遊びに行きたい』と頼んだところ、断られたらしい。

「……という事は、吉島さんの私室だった部屋は、二階の藤見市の方角に窓がある部屋ね？」

「そういう事になるかな」

西木が首を傾げながら答える。

三人は玄関近くの階段を登り二階に向かう。

藤見市方面を向いた窓がある部屋は一つしかなかった。ちょうど家の裏手に位置している。

六畳間で、畳にはベッドや机などの跡がついていた。壁にはポスターを貼りつけた時のものと思われる鋲《びょう》の痕《あと》が所々に空いている。

「ここが、師匠の部屋……」

などと西木が感慨に耽《ふけ》っていると、茅野が藤見市方面の窓のカーテンを勢い良く手ではねのける。そして、クレセント錠を押しあげて窓を開けた。

「ちょっ、茅野っち……誰かが見ていたら……」

西木は慌てる。

すると茅野はスクールバッグから愛用のデジタル一眼カメラを取り出す。

「あ、それは、パナソニックのミラーレス……けっこういいやつ使ってるんだね……じゃなくて！　茅野っち!?」

ノリ突っ込みをかました西木を無視して、カメラを構えてレンズを覗《のぞ》き込む。

そして、ものの数秒でカメラをおろすと、素早く窓を閉めた。施錠し、カーテンを引き直す。

「だいたい、解ったわ。とりあえず、ここを出ましょう。説明は西木さんの家で」

そう言って部屋を出る。

啞然とする西木に向かって、桜井が得意気な顔で言う。

「〝だいたい、解った〟あの台詞《せりふ》が循の口から出たって事は、本当にだいたい解った時だよ」

西木は「はあ」と言うしかなかった。

三人は吉島家を後にすると、西木の家へと向かった。

【08】別れの足音

吉島拓海と小茂田愛弓は、ときおり『異邦人』で逢瀬《おうせ》を重ねるようになっていた。頻度は週一ほどで、誘うのはいつも彼女の方からメールでだった。

同じ集落の近所に住んでいて目的地も同じであるにも拘《かか》わらず、吉島はバスと電車を乗り継ぎ、愛弓は車で別々に『異邦人』へと向かう。

そして、また店の外に出た途端に赤の他人へと戻る。そんな関係だった。

それ以上は何もない。お互いの事は、いっさい訊《き》こうとしないし、自分の事も語ろうともしない。

大抵は愛弓が、当時はまっていた小説や海外ドラマの話を一方的に喋《しゃべ》り倒し、吉島が下手くそな相づちを打ちながら聞いているだけだった。

そのときの彼女は心の底から楽しそうで、まるで十代の少女のように若返って見えた。

また吉島も最初は緊張ばかりしていた愛弓とのやり取りを、次第に心の底から楽しめるようになっていった。

彼女との時間を通して、吉島の錆《さ》びついていた胸の奥の歯車がゆっくりと回り始めたのだ。

そんなある時。

真冬も終わり、梅の枝先に春の訪れが花吹き始めたある日の事。

吉島は愛弓に写真を見せて欲しいとせがまれた。

初めは断ったが、どうしてもというのでスマホに入っていた物を何枚か見せる事となった。すると彼女は画面に目線を落としたまま、こんな事を言う。

「拓海くんは、自分の撮った写真、コンクールとかに出したりしないの？」

「いや、僕なんか無理だよ。僕より凄いの撮れる人なんてたくさんいるし」

「でも私、拓海くんの撮った写真、好きだよ」

その言葉を聞いた瞬間、吉島はようやくゴミのようだった自分が世界に歓迎されたような気がした。

「でも……やっぱり……」

それでも自信のなさはぬぐいされない。長年、卑屈だった彼の心は、自らの意思で一歩目を踏み出す事を恐れていた。モゴモゴと言葉を濁す吉島。

「大丈夫。イケるって、絶対」

「そうかな……」

「そうだよ」

愛弓はスマホを吉島に返しながら屈託なく微笑む。

吉島はそれを受け取りながら恥ずかしそうに言う。

「じゃあ……何かいいのが撮れたなら……」

「うん。楽しみにしてるね」

そのやり取りから間もなくして、この日はお開きとなった。

二人で店を後にして、雑居ビルの階段を登る。地上に出ると既に夕暮れ時となっていた。

た。

「それじゃあ」

そう言って愛弓は軽く手をあげて、近くの駐車場に向かおうとした、そのときであった。

「あ、愛弓さん……」

吉島の唐突な呼びかけに応《こた》えて愛弓は立ち止まり、振り向いた。

すると、その瞬間シャッター音が鳴る。

吉島が愛弓をスマホのカメラで撮影したのだ。

彼女は一瞬だけきょとんとした後、くすりと微笑む。

「どうしたの?」

「あの……その……」

水鳥の飛び立つ瞬間や、ふと空を見あげた時に浮かんでいた雲の形に心動かされたときのように、この刹那《せつな》を切り取りたくなった。

そう思ったら彼女を呼び止めて、勝手に身体が動いていた。

吉島は赤面して、しどろもどろになりながら嘘偽りない気持ちを告げた。

「急に撮りたくなって……」

その答えを聞いた愛弓は目を丸くして噴き出す。

「何で、今なの」

楽しげに声をあげて笑い始めた。

通行人たちが、そんな彼女と吉島を怪訝《けげん》な表情で眺めながら通り過ぎて行く。

吉島は、照れ臭かったが悪い気分ではなかった。彼女が笑ってくれたのが、単純に嬉《うれ》しかった。

しばらくして落ち着くと、愛弓が涙をぬぐいながら言う。

「今度はもっと、ちゃんとしたカメラで撮ってね」

そう言い残して、彼女は右手をひらひらと振る。再び駐車場の方へと去っていった。

このとき、吉島は決意する。

彼女の写真を撮ろう。

それを今度、新しく開催されるメーカー主催のフォトコンクールに出してみようと。

久々に心の奥に温かな光が灯《とも》ったかのような感覚になった。

しかし、この日以降、愛弓からの連絡がぱたりと来なくなった。

◇◇◇

いくら待てども、愛弓からの連絡は来なかった。

外で彼女を見かける事もなかった。当然ながら、小茂田家を訪ねる事などできなかったし、近づく事もしなかった。

それでも吉島は、何度も自分から連絡しようと試みてはいた。しかし、文字を打ち、送信ボタンを押そうとする寸前で取り止める。それを何度も繰り返す事しかできなかった。

清恵なら何か知っているかもしれない。寺の住職である彼の許《もと》には蛇沼で暮らす人たちの噂話がたくさん集まってくる。

しかし、吉島は彼に愛弓の事を尋ねようという気にはならなかった。現実を直視するのが怖かったからだ。

そして、夏が来て、田んぼに田螺《たにし》や蛙を啄《ついば》む野鳥が見られるようになった頃だった。吉島の許に小茂田愛弓から久々のメールが届く。

文面はずっと連絡をしなかった事への謝罪と、会って話したい旨がしたためられていた。

更に待ち合わせ場所は、いつもの『異邦人』ではなく藤見駅の駅裏となっていた。

怪訝に思いながらも胸躍らせて、待ち合わせの当日にバスで藤見市へと向かった。

【09】カカショニの正体

かつての吉島の家を後にした一行は、西木の家へと移動する。彼女の部屋で茅野の話に耳を傾ける事となった。

ちゃぶ台を囲んで腰を落ち着ける桜井と茅野。

やがて、西木がのりしおのポテトチップスとオレンジジュースで満たされたコップを運んで来る。彼女が座った後、茅野は語り始めた。

「噂では、吉島さんはカメラを手に小茂田の家の周囲を彷徨《うろつ》いていたとされていたらしいけれど、それだと少しおかしな事になるわ」

「何が？」

桜井は茅野に聞き返すと、のりしおのポテトチップスをひょいと摘《つ》まんだ。

「いくら愛弓さんが目的だったとして、源造という暴力的な男がいるのに、わざわざ人目につくような形で家の周りを彷徨くかしら？」

「確かに……」

ベッドの縁に腰をかけた西木がそう言って頷《うなず》いた。

「そして小茂田の家を実際に目にして、はっきりと解ったわ。彼の家は二メートル近くある塀で囲まれている。いくら望遠レンズがあったからって、周囲から中を覗《のぞ》いたりできない。極めつけは、吉島さんの部屋よ。あの部屋の窓からは、すべてではないけれど、小茂田家の窓がいくつかカメラで覗く事ができた。ならば、なおさら、ストーカー目的でカメラを手に吉島さんが小茂田の家の周りを彷徨く意味が薄くなる」

「じゃあ、やっぱり師匠がストーカーをしていたっていうのは嘘？」

その西木の言葉に茅野は頷く。直後に桜井がのりしおを嚙《か》み締める音が響き渡った。

「だから、カメラを持った吉島さんが小茂田家の周りをうろついていたっていう噂は、恐らくは出鱈目《でたらめ》ね」

その茅野の言葉を耳にしていた西木が、ほっとした様子で言う。

「……でも、じゃあ、何で師匠は、小茂田の家に不法侵入なんてしたの……？」

「何かよほどの事情があったのか……そして、恐らく、その事情を知られたくない誰かが、吉島さんが悪者になるような噂を意図的に流したのではないかしら。その誰かは説明するまでもないわね」

「小茂田源造」

桜井はその名前を口から吐くと、再びポテチを口の中に放り込む。

彼女の言葉に茅野は頷き話を続ける。

「きっと、吉島さんは何か別の目的があって、小茂田の家を訪ねた。そして、それを源造が迎え入れたんじゃないかしら？　不法侵入だとかストーカーだとかは、正当防衛を成立させやすくする為の方便よ、きっと」

茅野が一息に言い終わると、西木は暗い表情で歯噛みした。

「じゃあ、師匠はやっぱり、何も悪くないのに、源造のせいで……」

その様子を見た茅野は冷静に注釈を加える。

「ただ、この話は全部、今のところ妄想に毛が生えたレベルの物でしかないわ」

「でも……茅野っちの推理が本当なら……」

そこで、茅野は西木に向かって右手をかざす。

「兎《と》も角、これ以上、事件について考えを巡らせるにはピースが足りない」

「……で、どうするの？」

桜井のその問いの直後だった。電子音が鳴る。茅野のスマホだった。

「ちょっと、ごめん」

茅野はスマホの画面に目線を落とす。

「誰から？」

そう問いながら桜井が画面を覗き込み「ああ」と得心した様子で頷く。

西木が首を傾げ、尋ねようとする前に……。

「取り敢《あ》えず、使えるピースを増やしましょう」

そう言って、茅野は悪魔のように微笑んだ。

その茅野の言葉に対し、西木は若干、気圧《けお》されながら聞き返した。

「ど、どうやって……？」

すると茅野が改まった様子で言う。

「西木さん」

「何？」

「シャベルと軍手、バケツを用意できるかしら？」

「はい？」

西木が戸惑いながら聞くと、茅野は桜井に向かって言った。

「梨沙さん、ジャージに着替えるわよ。今日、体育があったから持ってるわよね？　まさか、また学校に置きっぱなしなんていう事はないわよね？」

「お、え、お……？」

流石の桜井も戸惑い気味である。しかし素直に立ちあがると言われた通り、制服を脱ぎ始めた。

西木が恐る恐る茅野に尋ねる。

「あの茅野っち？」

「何かしら？」

茅野はスカートを脱ぎながら返事をする。

「……いったいこれから何を？」

すると、首にかかったループタイを外しながら、勢いよく西木の問いに答える。

「棟蛇塚を掘る」

「は」

一瞬、時が止まり、西木は絶叫する。

「はあああああ!?」

「これから、カカショニの正体を暴くわよ」

茅野は威勢良く言い放った。

時刻はもう夕方になろうとしていた。

◇　◇　◇

三人は着替えた後、西木家の庭先にあったプレハブの納屋で、バケツやスコップを準備する。

それが終わると再び集落の端から続く農道を目指した。

「……でも、棟蛇塚を掘るなんて、大人に見られたら何を言われるか……」

西木が不安げに視線を泳がせる。すると、茅野は飄々《ひょうひょう》と言ってのける。

「大丈夫よ。蛇沼の人は棟蛇塚の方を見ようともしない。きっと誰も気にしない」

「でも……」

やはり、蛇沼で暮らす者としての禁忌を犯そうとしている事に抵抗があるようだった。

しかし、次のように言われてしまっては強く反対もできない。

「これは、吉島さんの潔白を証明するために必要な事なのよ」

「そうなの？」

「どうしても嫌なら、私と梨沙さんでやるけれど」

「あたしはまだやるって言ってないけど、まあやるんだけど」

桜井が何気ない調子で言った。

そうこうするうちに、集落の端から延びた農道が見えてくる。

その遥《はる》か向こうに棟蛇塚が不気味な影を浮かびあがらせていた。

西木は半信半疑のまま、桜井と茅野に続いて禁忌の地へと足を踏み入れる事となった。

【10】 別れと出会い

吉島は駅に到着すると、地下通路を通って駅裏へと急いだ。

駐車場や駐輪場の他には、マンションや美容院などがぽつぽつとあり、その奥には古い住宅街が広がっているばかりで人気はない。

しばらく駅裏のロータリーの周りをぶらぶらとしていると、待ち合わせの時刻より三分早く愛弓が車に乗ってやってきた。

「久し振り。ごめんね」

愛弓が窓から顔を覗かせた。

すると吉島は、その顔を見てぎょっとする。

左目に眼帯をしており、少しだけ頬が腫《は》れていた。

愛弓は力なく微笑んで言う。

「乗って」

吉島は込み上げそうになったあらゆる言葉を呑《の》み込んで、助手席に乗り込んだ。

「今日はどこへ？」

「別にどこって訳じゃないんだけど……」

そう言って愛弓は車を走らせる。

「誰にも見られていない場所で話したかったんだ」

弱々しく笑う。

そして、近くにある人気のない駐車場へと向かった。車を止めると愛弓は、ふぅー、と息を吐き、微笑む。

「何も訊《き》かないんだね」

責められているような気になり、吉島は顔をしかめる。

「ご……ごめん……なさい」

やっとの事でそれだけ口にすると愛弓が首を横に振る。

「謝る事ないよ。拓海くんはやっぱり優しいね。だから……」

一つ息を継ぐ。

「私が勝手に話すね」

お互いの事を訊かない。自分の事を語らない。

その暗黙のルールが破られようとしていた。吉島はごくりと喉《のど》を鳴らす。

「旦那《だんな》の知り合いがね、私が『異邦人』から男と出てくるところ、見たんだって」

そのとき、彼女はあっけらかんと笑っていた。酷《ひど》く投げやりな笑顔だった。

「拓海くんのせいじゃないよ。それから拓海くんの事は喋《しゃべ》ってないから」

源造は激怒し、彼女に暴力を振るった。

散々に殴りつけ、蹴《け》って、踏みにじった。

嫉妬《しっと》というより、自分が馬鹿にされたような気がしただけなのだろうと愛弓は語る。

しかし、人間関係の機微に疎い吉島には、その違いがいまいち解らなかった。

因《ちな》みに拓海の名前はスマホには女性の名前で登録してあり、履歴はいちいち消しているそうだ。

「バイトも辞めさせられてね」

義母も彼女をかばってはくれなかった。

「やはり水商売の女は信用できない」と、愛弓を散々になじった。

ともあれ、彼女はここ数ヶ月、ほとんど家の外に出してもらえなかったのだという。

「もう、連絡しないつもりだったけれど、やっぱり、お別れを言いたくて」

「そんな……」

吉島は大きく目を見開く。

「ごめんね。拓海くん。私はもう……」

次の瞬間だった。

「嫌だ!!」

愛弓の言葉を制するように吉島は声を張りあげた。

こんなに大声を出したのはいつ以来であろうか。自分でもよく思い出せなかった。

何にせよ、咄嗟《とっさ》に拒絶の言葉が口を衝《つ》いた。

晴れた冬の日、彼女を助けたときのように、あの日の帰り際、彼女に向かってシャッターを切った時のように、無意識に声が出た。

「嫌だよ、そんなの……」

「拓海くん……？」

驚いた顔の愛弓。

吉島は荒い呼気を整えてから言う。

「警察に……行こう……」

すると愛弓は迷いなく言葉を返した。

「ありがとう。でも、無理だよ。だって、あの人の親戚《しんせき》、警察にコネがあるもの」

そのお陰で源造が何度も法の裁きを免れている事は、吉島も聞き及んでいた。

「な、ならば、このまま……逃げれば……」

「もしも捕まったら、殺されちゃうよ」

愛弓はどこか吹っ切れたように微笑む。そして、すべてを諦《あきら》めたような声音で言葉を紡ぐ。

「だから、もう私と関わらない方がいいよ」

このときだった。

吉島拓海が、囚《とら》われの姫と自らのちっぽけな世界を救おうと決意したのは——

◇◇◇

茅野の提案で穴を掘り始めて、けっこうな時間が経った。

すっかり日は沈み、夜の帳《とばり》が降りていた。その暗闇を埋め尽くすのは、無数の蛙たちの鳴き声だった。

棟蛇塚は田んぼのど真ん中にある為に、周囲には何もない。

農道から延びた細い道の先にあり、背の高い芦《あし》の生い茂る使われていない田んぼに囲まれていた。中心には犬小屋程度の簡素な祠《ほこら》がある。外周を取り囲む桜の木立の隙間から、遠くの町や蛇沼集落の明かりが漏れていた。

その地面には、直径五十センチ程度、深さ一メートル三十センチ程度の穴がいくつか空いている。

もちろん、掘り返したのは桜井、茅野、西木であった。

三人は手を休め、最後に掘った穴の底を見おろしていた。

「……でも、何でこんなところに」

小刻みに声を震わせながら、西木は誰にともなく問う。その彼女の瞳《ひとみ》は死への恐怖と忌避感に満ちていた。

「清恵さんが年に一回、雑草を刈ったり祠の手入れをするだけだもの。下手に川や海に沈めるより、ここの方が安全かもしれない」

茅野の見解に桜井が同意する。

「確かに工事とかで掘り返されたりしないだろうし、そもそも、ここには誰も来ない」

そして、泥だらけの軍手を取り、手の甲で汗をぬぐうと茅野への質問を続けた。

「……でも、何でここに、埋まってると思ったの？」

「それを説明したいところだけど、まずは埋め戻しましょう。思ったよりも手こずって時間が掛かってしまったわ。桜の根っこのお陰でもう少し掘り返せる場所が少ないと思っていたけれど、完全に見誤った」

その茅野の言葉を耳にしながら西木は思った。この二人、怖くないのだろうか。

西木は人生で初めて目にするそれに、少なくはない恐怖と生理的嫌悪感を覚えていた。しかし、二人の態度があまりにも冷静だったので、次第に現実感が遠退き、まるで夢でも見ているかのような心地になった。

桜井が事務的に問う。

「警察に連絡は？」

「そうね。今はしない」

と、返事をしながら、茅野は穴を掘ったときに見つかった泥まみれのスマホを、ジップロックの中にしまった。

「……今、警察に通報したところで、きっと有耶無耶《うやむや》にされ、なかった事になってしまうでしょうね」

「じゃあ、やっぱり、これは小茂田の仕業？」

桜井の問いに茅野は頷《うなず》く。

「そうね」

そして、ペンライトを手に取って、穴の中を照らした。

その光の中に浮かびあがったのは、水気を含んだ土の中から覗《のぞ》く、白骨の眼窩《がんか》と鼻腔《びこう》である。

それこそ、行方不明となっていた小茂田愛弓の亡骸《なきがら》だった。

◇◇◇

そのメールが吉島拓海の許《もと》に届いたのは稲穂が黄金に色づき始めた秋の事だった。

差出人は小茂田愛弓で、文面は以下の通りであった。

『浮気相手と一緒に遠くでやり直す事にしました。旦那には秘密にしておいてください。今までありがとうございました』

それを見た瞬間、吉島は釈然とはしないながらも心の底から安堵《あんど》した。

別に愛弓を救うのが自分でなくとも、彼女が幸せならばそれで良かったからだ。

そう納得すると、時間と共に、あのテディベアの事も忘れてしまった。

それから、また冬が訪れて、梅の枝先が花吹き、桜舞い散る春となって、西木千里が蛇沼新田にやって来た。

【11】霊視

時間は少し遡《さかのぼ》り、その日の昼過ぎだった。

それはアンティークの調度類で彩られたリビングだった。室内の中央にある胡桃《ウォルナット》の座卓には、ノートパソコンの他に、沢山の惣菜《そうざい》類が並べられている。

唐揚げ、餃子《ギョーザ》、漬物、刺身、焼き魚、生春巻き……。

その真《ま》っ只中《ただなか》に聳《そび》え立つのは久保田《くぼた》千寿《せんじゅ》の四合瓶である。

それに手を伸ばすのは、猫脚ソファーに腰を埋めた九尾天全であった。

彼女は切子のグラスに銘酒をなみなみとついで一気に呷《あお》る。ぎゅっと目を瞑《つぶ》り「くぅ」と鳴いた。

この日は休暇であった。霊能者としての仕事もないし、彼女が経営している占いショップも定休日である。

そんな訳で、彼女は例の怪我のせいで、ずっと医者に止められていた大好きな日本酒を真っ昼間から飲んだくれる事に決めていた。

その姿には本物の霊能者としての神秘性はいっさい残されておらず、駄目人間という に相応《ふさわ》しい様相を呈していた。

完全にオフの霊能者、九尾天全がそこにいた。

「えへへへ……。わたし、今、生きてるわ」

良い感じでアルコールが回ってきたところで、九尾はノートパソコンでお気に入りの映画を再生し、ソファーに寝転んでスマホを片手にSNSを閲覧し始めた。

しばらくの間、そうしていると、唐突に電話が掛かってくる。

「わっ！　何？　びっくりした」

慌てた九尾はスマホの画面をろくに見ようとせずに電話に出た。寝転んだまま受話口を耳に当てる。

「あい……どしたの？」

すると、通話相手が一気に捲《まく》し立てる。

『オフかしら？　自室かどこかで独り酒をしながら映画を見て、スマホでSNSを閲覧かメッセージアプリで友人とお喋《しゃべ》りってところね。暇そうで何より。都合がいいわ』

「ちょっ、ちょっ……え⁉」

がばっ、と姿勢を正し、辺りを見渡し、スマホの画面を確認する。

そこに表示されていた名前は〝茅野循〟

あの亡者の家の一件で知り合った女子高生の一人だった。

茅野は戸惑う九尾をよそに淡々と話を進めようとする。

『実はお願いがあるんだけど』

その言葉を制して九尾は問う。

「ちょ、ちょっ……待って。こっちも質問があるんだけど」

『何？　手短にお願いしたいわ。この後、コンビニで買い物をしてから、梨沙さんと昼食の予定があるの』

その声の背後で微《かす》かな雑踏が聞こえる。どうやら、学校の昼休み中らしい。

本当に普通の女子高校生だったんだなと、改めて認識しながら九尾は質問を発する。

「いや……その……何で解ったの？」

『何がかしら？』

「わたしが下着姿で映画を見ながら、だらだらとお酒を飲んで、スマホでSNSを閲覧していた事を……」

『貴女《あなた》の格好までは知らないわよ』

と、苦笑して茅野は種明かしをする。

『まず電話に出た時の呂律《ろれつ》の怪しい声。もうそれで、考えるまでもなく貴女がお酒を飲んでいた事が解るわ。映画も同じよ。音声が聞こえるもの』

「あ……」

それもそうだと納得する。しかし、スマホでＳＮＳを閲覧していた事までは解りようがないはずだ。そう思いながら茅野の言葉を待つ。

『……あとは、電話に出るまでのレスポンスが、かなり短かった。そこでスマホを手に持って弄《いじ》っている最中《さいちゅう》だったんじゃないかと思ったの。更に映画の音声以外、背後から聞こえてくる音がほとんどない事から、恐らく自宅に独りでいるというのも想像がついた。流石に映画を見ながら動画や音楽を鑑賞したりはしないだろうし。そうなると、お酒を飲みながらスマホでやれる事なんて限られている』

理由を聞いてみれば何て事はない。しかし、それでも九尾は驚きを禁じ得なかった。

「まるで、ホームズみたい」

あの一件でも彼女は抜群の洞察力と冷静さを見せていた。それを改めて見せつけられた形となった。

『Ｅｌｅｍｅｎｔａｒｙ《初歩的な推理だよ》とでも言えば良いのかしら？　それはそうと、頼み事したいのだけれど』

「何？」

少し酔いが醒《さ》めた九尾は、居住まいを正した。

『実は人を捜しているの。あなたの能力で何とかならないかしら？　お金が必要なら、ちゃんと払うわ』

その言葉に九尾はスマホを耳に当てたまま頭を振った。

「お金はいいわ。前回のお礼って事で」

彼女たちには借りがあるし、女子高生から料金を取るのはしのびなかった。タロットカードで占うくらいなら、只で構わないだろう。

九尾は茅野に向かって聞き返す。

「名前は？」

『小茂田愛弓。小さいに、茂みの茂、田んぼの田。恋愛の愛、それから弓矢の弓』

「……生年月日と出来れば顔写真もお願い」

『解らないわ。顔写真もない。ごめんなさい。調べれば生年月日くらいは解るとは思うけれど……』

九尾は思案する。

「……まあ、いいわ。名前だけで何とかなると思う」

『本当に？　これだけで？　何ならもう少し情報を付け加えるけど。失踪《しっそう》時の状況とか』

少し疑わしげな茅野の声。しかし……。

「ええ。大丈夫よ。お姉さんに任せなさい！」

本当ならば、流石に名前だけというのはかなり難しい。

しかし、せっかく頼って来てくれたのだから、良い格好をしたいという気持ちがあった。

「ちょっと、酔いを醒ますから今すぐって訳にはいかないけれど」

『構わないわ。突然だったのに申し訳ないわね。ありがとう』

「いーえ」

『それでは、後で連絡を』

「はーい」

と、言って通話を終え、スマホをソファーの上に放り投げて背伸びをする。

「さーて、ひと風呂《ふろ》浴《ご》びるか」

と、九尾は独り言ちたところでふと気が付く。

「そう言えば、この小茂田愛弓って誰なんだろ？」

完全に聞き忘れていた。

しかし、アルコールに浸《つか》った彼女の脳味噌《のうみそ》では、そこから先に思考を進める事ができなかった。

◇　◇　◇

「……何にも解らなかった」

ソファーに腰を落としてうなだれる、真っ白に燃え尽きた九尾天全がそこにいた。

茅野から電話を受けて四時間以上が経過している。

やはり、名前だけでは無茶だったのだ。

何度も占い直したが、ほぼ何も解らなかった。

座卓の上には、小茂田愛弓の行方を占うために使用したライダー版のタロットカードが虚《むな》しく散らばっている。

辛うじて降りて来たのは『何となく北東』という曖昧《あいまい》な啓示だけ。

「取り敢《あ》えず、生年月日だけでも調べてもらおう」

九尾はスマホを手に取り『多分、北東らへん』と文字を打ち『大口叩《たた》いてすいませんでした。やっぱり、もう少し情報をください』という旨をメッセージで送った。

更に何かの足しになるかもしれないと、特にインスピレーションを感じたカードの画像を送る。

因《ちな》みに、そのカードは〝魔術師《マジシャン》〟〝悪魔《デビル》〟〝世界《ワールド》〟の三枚である。

「はあ……せっかく、いいところを見せようと思ったのになあ……」

九尾は憂鬱《ゆううつ》な溜《た》め息を吐いて立ちあがり、疲れた体を休めるために寝室へと向かおうとした。

すると、茅野からの返信が入る。

『ありがとう。貴女はやはり素晴らしい霊能者です』

「は？」

九尾はなぜ礼を言われたのか訳が解らずに首を傾げた。

【12】お泊まり会

すべての穴を埋め直した後、桜井と茅野は西木の家に泊まる事となった。

帰ろうにもバスがない。それに話さなければならない事がたくさんあった。

そんな訳で少し離れた場所にあったコンビニに寄って西木宅に着いたのは、二十一時を回っていた。

順番に入浴を済ませ、夕食は西木の母親の手作りをご馳走になる事となった。

居間の座卓は、事前に連絡を受けた西木母が腕を振るった手料理で埋め尽くされていた。

唐揚げにポテトサラダ、自家製の糠《ぬか》漬《づ》け、なめことワカメの味噌《みそ》汁など。

座卓の中央には、山盛り焼きそばの大皿が置いてあった。

桜井と茅野は座布団の上で正座して、その座卓に広がるお宝の山々を眺めた。

「食べ盛りには、少しだけ足りないかねえ……」

「い、いえ……おまかいなく」

食いしん坊の桜井も恐縮し、あまつさえ言葉を噛《か》んでしまった。

「本当に突然、押しかけたのに申し訳ありません」

茅野の言葉に西木母は右手で扇《あお》ぎながら、朗らかに笑う。

「いやあ、うちの娘ったら、独りで写真ばーっかり撮って、カメラばーっかり弄ってて、友だちなんかいないんだろうなって思ってたから嬉《うれ》しくって。学校の事も全然、話してくれないし……」

「お母さん！」

西木が照れ臭そうにテンション高めな実母を諫《いさ》めた。因みに桜井と茅野は西木と同じ写真部で、蛇沼の田園風景を撮影しに来たという事になっている。

すると既に地酒の四合瓶を傾けて赤ら顔をしていた西木祖父が「本当に賑《にぎ》やかでいいのお。どうだ、おめさんがたも一杯」などと冗談とも本気ともつかない様子で言い出す。

桜井と茅野がお断りするより早く、西木母は唇を尖《とが》らせ祖父を叱咤《しった》する。

「駄目よ、お父さん。今はそういうの厳しいんだから！」

「いや、冗談に決まってるねっか。ほんにもう。そっけ、怒る事ねえのに」

と、苦笑して西木祖父はおちょこを傾ける。

そして、西木母は再び桜井と茅野に向き直り、笑顔で言い放った。

「さあ、遠慮なく食べてね？　おかわりも自由よ？」

桜井と茅野は再び頭をさげて礼を述べる。

そして、賑やかで豪勢な夕食が始まった。

食後、桜井と茅野、西木の三人で食器洗いを行い、西木の部屋へと引きあげた。

来客用の布団をしいた後で横になりながら、ようやく本題に入る。

なぜ、あの骨が棟蛇塚に埋まっていると思ったのか。茅野は布団の上で仰向《あおむ》けのまま語り出した。

「いちばん最初の切っかけは、安蘭寺の清恵さんの話を聞いたあとに、西木さん。貴女《あなた》が言った言葉」

その茅野の言葉に、ベッドの上の西木が自分を指差した。

「私が？」

「そうよ」

茅野は頷《うなず》く。

『私が見たカカショニ……あれ、女の人だった気がする』

「それを聞いた時、もしかしたら吉島さんが六年前に見たのは、失踪した愛弓さんの姿だったんじゃないかって。吉島さんが愛弓さんにどういう思いを抱いていたのかは実際に知りようがない。けれど、彼が愛弓さんに横恋慕していたという噂に一片の事実が含まれていたとするなら色々と辻褄《つじつま》が合う事に気がついたの」

「辻褄？　どんな風に？」と、桜井が口をむにゃむにゃさせながら促す。どうやらおねむのようだ。

ともあれ、茅野は話を続ける。

「清恵さんによれば、カカショニは正体不明の怪物ではなく死者の霊であるという話だったわ」

「うん」と、西木の相づち。

「その話を吉島さんが知っていたとしたら？　吉島さんは清恵さんと仲がよかった。過去にそういった話を清恵さんから聞いていてもおかしくはないでしょ？」

「あ……そうか」

西木は気がつく。

「師匠は愛弓さんの姿をしたカカショニを見て、失踪《しっそう》した彼女が既に死んでいるのではないかと疑念を抱いた。だから、あのとき、あんなに激しく動揺していたんだ……」

当時の吉島の表情が西木の脳裏に鮮烈に蘇《よみがえ》る。

「特別な想いを抱いていたのなら、尚更《なおさら》ね」

そこで茅野は横目で桜井の顔を見た。ほとんど目蓋《まぶた》が塞《ふさ》がり掛かっている。

しかし、気にせずに話を進めた。

「それで、思い出して欲しいのだけれど、貴女が蛇沼にやって来た前年の秋……つまり、二〇一二年の秋に貝田という人が、真夜中に棟蛇塚へ向かう白い人魂を見たという話」

その茅野の言葉を受けて西木は記憶を反芻《はんすう》する。

「ああ……清恵さんが話してた」

「そして、愛弓さんが失踪したのも、二〇一二年の秋頃だった」

「うん……でも、それが何か？」

西木はまだ茅野の言わんとしている事が、よく解らなかった。

「ヵヵショニが清恵さんの言う通り死者の霊で、吉島さんの目撃したヵヵショニが愛弓さんの姿をしていたとしたら、既に彼女は死んでいるという事になる。そして、彼女の失踪と同時期に現れた棟蛇塚へ向かう人魂。更に棟蛇塚は、この辺りの住人なら誰も近寄らないし、掘り返される心配もない」

「まさか……」

西木は、はっとして茅野の顔を見た。

「そうよ。人魂は、愛弓さんを殺した犯人が、彼女を埋めに行くときに持っていた懐中電灯の明かりだったのではないかと私は考えた」

そこで茅野は枕元に置いた鞄《かばん》からスマホを取り出して指を這《は》わせる。

「ここまでは何の根拠もない妄想の域だったわ。だから、本物の霊能力を持った占い師に、愛弓さんの行方を視てもらったんだけど……」

「霊能力!?」

目を丸くする西木に茅野は鹿爪らしく頷く。

「ええ。この前、知り合ったの」

そう言って、西木の方にスマホの画面を見せる。

そこには九尾天全から送られてきた三枚のタロットカードが写されていた。

しかし、西木には今までの話と、そのカードが何の関係があるのかよく解らずに首を捻《ひね》る。

「これが何なの？」

「この三枚は、すべて蛇にまつわるカードでもあるの」

まず〝魔術師〟のカードの中央に描かれた人物の腰に巻かれたベルトは蛇を象《かたど》ったものだった。

続いて〝悪魔〟のカードになるが、悪魔はときおりエデンの園でエヴァを誘惑したときのように蛇の姿で人前に現れる。

最後に〝世界〟のカードは、ウロボロスという伝説上の蛇を象徴したカードである。

そして、九尾が述べた北東の方角は鬼門。つまり、蛇沼から見た棟蛇塚の方向を示している。

「彼女の占いは、すべて棟蛇塚を暗示している」

こじつけとは言い切れなかった。実際に小茂田愛弓のものと思われる骨が発見されたのだから。

「そして、西木さんと吉島さんが見たカカショニは、伝承にあるように田んぼではなく、棟蛇塚に出現したのよね？」

「うん……」と、西木は六年前に視界の端に映った白く揺らめく何かを思い出す。確かにあれがいたのは棟蛇塚を取り囲む木立の向こう側であった。

「そこにも、私は意味があるのではないかと感じたのよ」

「……でも、じゃあ、愛弓さんを殺して、棟蛇塚に埋めたのは」

その西木の言葉に、茅野は頷いてから言葉を続ける。

「間違いなく小茂田源造でしょうね」

【13】 鬼畜

きっかけは覚えていない。

恐らくほんの些細《ささい》などうでもいい事で、小茂田源造は最後の一線を越えてしまった。

何か気にくわない事があったので、殴って解らせようとしたら、この日の愛弓は珍しく抵抗をしてきた。そして、居間の方へ逃げ込もうとしたので、髪を鷲掴《わしづか》みにして引き倒した。そこから覚えていない。

「おい……」

キッチンの床に愛弓が仰向けに倒れている。

「おい……愛弓」

壊れた操り人形のように身を投げ出して、くすんだ硝子《ガラス》玉のような瞳《ひとみ》で天井を見つめながら倒れていた。

「おい、ふざけてんのか⁉」

源造はまったく動かなくなった愛弓の胸ぐらを両手で掴んで持ちあげる。ガタガタと揺すった。

瞬《まばた》き一つしない。赤黒く腫《は》れた目蓋《まぶた》はぴくりとも動かない。鼻はひしゃげ半開きの口から覗《のぞ》く前歯は折れていた。

「おい‼　愛弓、テメェッ、いい加減にしやがれッ‼」

怒鳴り散らしても彼女は答えない。死んでいる。そうとしか思えなかった。

「ヒィッ‼」

源造は慌てて手を放す。愛弓の後頭部が床に落下して鈍い音を立てた。

「クソッ、クソッ……」

脅えた顔で後退《あとずさ》りして悪態を吐く。

源造が初めて愛弓に手をあげたのは、結婚してすぐの事だ。

彼女が源造に、そろそろ生活費を何とかしてほしいと申し出た事が切っかけだった。

この頃の源造と愛弓は、蛇沼の実家ではなく県庁所在地のアパートで二人暮らしをしていた。

生活費は愛弓の少ない貯金と、彼女の元カレより源造が奪い取った慰謝料だけだった。

愛弓は妊娠が発覚してから店を辞め、源造は無職で収入がない。

愛弓としては、裕福な源造の実家に頼って欲しいというニュアンスだったのだが、彼は無職の自分が責められていると勘違いし激昂《げきこう》する。

結果、愛弓の子供は産声をあげる事なく天へと還《かえ》った。

それ以来だった。愛弓が源造に対して異常に脅えるようになったのは。

最早《もはや》、夫婦関係は破綻《はたん》していたが、離婚するのだけは嫌だった。

せっかく、結婚に難色を示していた母親に生まれて初めて頭をさげたのに。ようやく、まっとうな人生のレールに乗れそうだったのに。

ちっぽけなプライドを守る為に、彼は愛弓の恐怖心を利用して彼女を束縛した。

それから数年、形だけは平穏だった。

実家に帰った事で生活は安定し、たまに怒鳴り声をあげる事はあったが、それでも何とか手をあげる事は我慢できていた。

知り合いの飲み屋の店員から、愛弓が雑居ビルの地下から見知らぬ男と出てくるところを見たと聞くまでは。

「クソッ……クソッ……」

あらゆる悪事に手を染めてきた彼だったが、人を殺すのは初めてだった。

死体から伝わる忌避感と嫌悪感。それは両手に絡みつき、重くまとわりついていた。

そこへ「源造……」と、彼を呼ぶ者がいた。

顔をあげると、母親の富子がキッチンの入り口から駆け寄ってくる。慌てて愛弓の脈を取り始めた。

それで富子は、もう愛弓が生きていないであろう事を悟ったようだ。

「お前……何て事を……」

源造は咄嗟《とっさ》に老いた母親へとすがりつく。

「助けて、母さん……」

「源造……源造……お前は、本当に……」

「お願いだよ！　また叔父《おじ》さんに頼んでくれよ……お願いだよ……」

これで彼女に頭を下げるのは、人生で二度目の事となった。

◇◇◇

そこは小茂田家の居間だった。

レースのカーテンにテーブルクロス、猫脚のソファーに花柄の壁紙。

そして家具の上や飾り棚に並ぶテディベアたち。

部屋の中央にあるローテーブルを挟んで源造と富子が向かい合っている。

源造が震える指先で煙草を摘《つ》まみ、ライターで火をともした。ゆっくりと深呼吸でもするように煙をくゆらせる。

源造の口から吐き出された白煙が室内に拡散する。

因《ちな》みに、この部屋の趣味はカントリー風で、それは富子の嗜好《しこう》だった。

夫が死んだのを境に、一気に自分好みに模様替えをした。

しかし源造が帰ってきてから、この居間で喫煙するようになり、彼女のお気に入りの空間はすっかりと脂《やに》で汚れてしまった。

この部屋での喫煙を何度もやめるように注意したが源造は聞き入れず、富子もすでに諦《あきら》めていた。

煙草が半分ほどなくなりかけたところで源造の指先の震えが徐々に収まり始めた。

それを見計らって富子は話を切り出す。

「……落ち着いたかい？」

「ああ……ああ……」

源造は煙草を灰皿に押しつけた。

富子は窓の方を見た。カーテンの隙間からは、まだ陽の光が射し込んでいる。

「暗くなったら、キッチンに転がってる、あの女を埋めに行くよ」

「ちょっ……何で、そんな事を……叔父さんに頼んで、なかった事にしてもらってくれって……」

泣きそうな顔をする源造。いつもの尊大な態度とはまったく別人のようだった。

富子は頭《かぶり》を振る。

「……無理に決まっているだろう。あんた人を殺したんだよ？」

「……あれは、愛弓が勝手に死んだだけだ。俺は悪くねぇよ」

「そんなくだらない屁理屈《へりくつ》が通るもんかい。世の中、甘くみるんじゃあないよ！」

「俺は愛弓をぶん殴っただけだ。愛弓が勝手に死んだだけだ。俺は悪くねえ！」

富子は心底呆《あき》れて溜め息を吐いた。

本当は妹に頼めば、何とかなったかもしれない。少なくとも妹は身内の恥を隠蔽《いんぺい》する為に自分の旦那《だんな》を動かしてくれるだろう。

しかし、もう妹にいい顔をされるのは我慢ならなかった。これ以上、源造のせいで恥を晒《さら》すのは御免だった。

妹の息子は都内の大学に進学し、今は地元の有名企業で働いている。

かたや源造は若い頃から碌《ろく》でもない悪事を重ねて、今や穀潰《ごくつぶ》しの人殺しだ。

自分は妹とは違い、源造という失敗作を生み出した一族の恥さらし。

何よりも自分が母として妹に劣っているという事実が、どうにも我慢ならなかった。

富子は妹の蔑《さげす》んだ目を思い出す。

「……いいかい？　七年我慢すれば失踪《しっそう》宣告がおりる。そうすれば、あの女の保険金が入ってくる。かなりのまとまった金になるよ。受け取るのはお前さ」

富子の言葉を聞いた源造の瞳が輝き出す。

「保険金……愛弓の……」

「それまでは、家に置いてやるから、大人しくしてるんだよ？」

源造は情けない顔でコクコクと頷《うなず》く。

小心者で常に他力本願。

それが、誰もが恐れる小茂田源造の本性だった。

その事を母親である富子は、よく知っていた。

本当にこいつは失敗作だ。

それでも、息子の事を他人に悪く言われたくはない。

しかし、その思いは、とうてい母親の愛などとは言えない邪悪なものでしかなかった。

【14】 遺言

茅野の話を聞き終えた西木の表情は複雑だった。

彼女が今も慕う吉島は、思った通りの人物だった。しかし、その暴かれた真実は、あまりにも悲劇的だった。

ベッドの上の西木を見あげながら、茅野は話を続ける。

「具体的にはどこまで確信を得ていたのかは解らないけれど、吉島さんは死んだ愛弓さんを目にして、粗暴な小茂田が彼女を殺害したのではないかという疑念を抱いた事は間違いないでしょうね。そして、その事を小茂田に問い詰めるために、事件の夜、小茂田の家を訪問した」

「そんな……じゃあ師匠は……」

西木は絶句する。一方の茅野は神妙に頷いた後で、淡々と言葉を紡いだ。

「厄介なのは、小茂田が愛弓さんを殺して棟蛇塚に埋めたという決定的な証拠がない事ね。今の段階で下手に動くと、警察に影響力のある小茂田の親戚に有耶無耶《うやむや》にされてしまうかもしれないわ」

その茅野の言葉に西木は眉《まゆ》をひそめる。

「じゃあ、どうすれば……」

「決定的な証拠さえあれば、警察に頼らなくてもインターネットでそれを発信し、社会的な制裁を加える事はできる。気にくわないけれど、ネットには正義の旗を振り回すピラニアたちがうようよいるから。でも……」

そこで茅野は口ごもった後、言い辛《づら》そうに再び声をあげる。

「もう、七年前の事件ともなれば、かなり難しいと言わざるを得ないわ」

さしもの彼女でも、現時点では具体的なアイディアはないようだった。

気詰まりな沈黙。

それを打ち破ったのは、桜井の気持ち良さそうな寝息であった。

「すう、すう……」

どうやら、完全に寝落ちしたようである。

茅野と西木は顔を見合わせると苦笑する。

「取り敢《あ》えず、まだ気になる事はあるけれど、続きは明日《あした》にしましょう。疲れて、これ以上、頭が回らないわ」

茅野が、そう言って枕に頭をつけた。早々に両目が半開きになる。

謎解きの興奮のみで、どうにかここまで耐えていたが、この日の重労働はインドア派の彼女にはかなり辛いものであった。

西木も頷いて同意する。

「うん。そうだね。明日、私も起きれないかも」

西木はベッドの上から蛍光灯の紐《ひも》に手を伸ばした。

「電気、消すけど、いい？」

茅野は「お願い」と返事をする。

「じゃ、お休み」

「お休みなさい」

西木は蛍光灯の紐を引いた。

◇◇◇

西木千里が朝起きると、既に茅野が布団の上で上半身を起こし、スマホを弄《いじ》っていた。

「おはよ……茅野っち……」

眠たい目をこする西木。

一方、桜井は、まだ寝息を立てていた。

茅野がスマホの画面から目線をあげて西木の方を見る。

「おはよう。ところで、これを見て欲しいのだけれど……」

茅野が布団から出てベッドの脇で膝《ひざ》立ちになる。西木にスマホを見せた。

「……何なの。朝からテンション高いね……」

欠伸《あくび》をしながら画面を見ると、そこに表示されていたのは通販サイトだった。

「なになに……テディベアのハンドメイド制作キット？」

「あの吉島さんの遺品と同じ物よ。ちょっと、気になったから調べてみたの」

そう言って、茅野は棚の上にあったテディベアを指差す。

「師匠の……？　でも、これがどうかしたの？」

「今度はこれを見て」

そう言って、茅野はスマホを操作する。

次に画面に表示されたのは、そのテディベアの完成品の画像だった。

「この背中……」

茅野はテディベアの後ろ姿の画像を指差す。

「うん」と西木が返事をすると、茅野は立ちあがり、棚の上のテディベアを手に取る。

その背中を西木に見せた。

「ほら。この吉島さんの遺品のテディベアのここには縫い目がある。型紙通り作れば、こんなところに縫い目はいらない。この縫い目だけ明らかに無駄なのよ」

西木はスマホと遺品のテディベアを見比べる。

確かに遺品のテディベアの背中には、スマホの画面に写し出されたテディベアにはない縫い目があった。

「……でも、これがいったい何なの？」

「ずっと引っかかっていたの」

「引っかかっていた？」

茅野は頷く。

「このテディベア、煙草の脂《やに》で汚れているわ。吉島さんは喫煙者でないにも拘《かか》わらず」

「あのテディベアが六年前の一件に関係があると？」

流石にそれは飛躍し過ぎではないか。西木は思った。

とうの茅野も「それは、解らない」と頭を振り半信半疑といった様子だ。

「でも昨日、吉島さんの部屋から小茂田家をカメラ越しに覗《のぞ》いた時……」

「ああ……」

西木はピッキングする茅野の姿を思い出して苦笑する。

「リビングらしき部屋の窓際にある飾り棚に、これと同じ色のテディベアが飾られていた」

「確かに、変な感じの偶然だけれど、でも……」

やはり西木には、このぬいぐるみが例の件と関係があるとは思えなかった。しかし、次の茅野の一言で、その認識は一変する。

「小茂田の家のテディベアの背中にも同じ縫い目があったとしたら?」

「それ、マジで?」

茅野は鹿爪らしい表情で頷く。

窓際の飾り棚に置かれたテディベアは室内を向いていた。つまり窓からはテディベアの背中が見えていたのだという。

「何なら、後で吉島さんの部屋からもう一度、確認しに行ってもいいわ」

「いや、それは……ちょっと」

西木は苦笑する。またダイナミックに不法侵入をかますつもりか。そんなのは、ごめんだった。

そこで、茅野は改まった調子で言う。

「……それで、西木さん」

「何?」

「この縫い目、ほどいてみて構わないかしら?」

西木は思案する。

「……良いよ。後で縫い直せばいいし。少しでも、今回の件で役に立つのなら」

そう言って起きあがり、カッターナイフを机の引き出しから取り出すと茅野に手渡す。

すると、そこで桜井が口元をむにゃむにゃとさせながら、すくっと上半身を起こした。

「……二人とも、おはよう」

と、言いながらカッターナイフとテディベアを持ってベッドの脇に佇《たたず》む茅野を見あげて目をこする。

「これは、猟奇的な朝だね」

「私にとっては、すがすがしい朝よ」

などと言って、茅野はテディベアの縫い目を切り開いた。

その中に右手の指を突っ込む。すると……。

「梨沙さん、西木さん。当たりよ」

茅野の指が引きずり出したのは、小さなビニールに包まれた一枚のSDカードだった。

「そのカードは……」

西木は啞然《あぜん》とする。まさか、吉島の形見にそんな物が隠されていようとは、まったく思ってもみなかったからだ。

「待って。今、起きたばかりなのに、何がなんだかさっぱりなんだけど」

戸惑う桜井。

「説明よりも、中身を見てみましょう」

茅野は自らのスマホにSDカードを差した。

「MP3ファイルがひとつだけ……容量も少ない」

期待外れだったのか、少し落胆した様子の茅野。

「まあまあ、聞いてみようよ」

桜井に促され音声を再生する。

すると……。

『……あー、これから、僕は小茂田の家に向かいます』

西木がはっとした表情で口元を両手で覆う。

「師匠の声だ……」

吉島の音声は更に続く。

『小茂田愛弓さんは多分……もう、死んでいます。証拠はまだないので、断定的な事をここで述べるのは避けます。僕は彼女が、どうなったのか……確かめに行きます』

「これは期待以上の代物ね……」

茅野が興奮した様子で言った。

『僕にとって、愛弓さんは大切な人でした……』

そこから彼は、たどたどしい口調で語る。

最愛の彼女との思い出を。

そして、その穏やかな日々がいかにして壊されたのか。

更に吉島が彼女を取り戻すために何をやったのか。

やがて、彼の物語は終わりに差し掛かる……。

『もし、僕が帰ってこれなかった時、誰かは……解らないけど、これを見つけたら、次の事をお願いします……』

そのあと、吉島は人生で最後となった願い事を述べた。

◇◇◇

吉島拓海の遺言をすべて聞き終わった後、最初に声をあげたのは西木だった。

「じゃあ、師匠はやっぱり愛弓さんのために……」

やはり複雑そうな西木とは対照的な冷徹さで、茅野が言った。

「問題は次の一手ね」

吉島の遺言が事実ならば、小茂田が罪を犯した決定的な証拠が今も存在している可能性があった。しかし、それを手に入れる為には、かなりの危険が伴う。

「じゃあさ……」

と、そこで普段通りの能天気な声をあげたのは桜井であった。

「もう、面倒くさいし、正面突破で良いんじゃないかな？」

それは、あくまでも気楽に。まるで冗談でも言うように。それが、どれほどの事なのか解っていないかのように。

「流石にそれは……」

当然ながら西木が難色を示した。

しかし、茅野はあっさりと桜井に同意する。

「それも、そうね」

「いや、本気？　正面突破って……相手は人殺しなのに」

西木は戸惑う。

すると、桜井が気軽な感じで肩を竦《すく》めた。

「呪われるよりはましだよ」

「ええ。心霊よりはイージーね」

二人は顔を見合わせて、けらけらと笑った。

それを見た西木は、やっぱりこの人たちって噂通り、ちょっとおかしいんだな、と思った。

【15】疫病神

小茂田富子の妹の旦那《だんな》は現在さる企業の代表取締役であった。

この企業は県下でも有名な不動産賃貸、飲食店、医療介護施設の運営をしており、トップ経営陣の殆《ほとん》どが富子の一族と縁故のある者だった。

富子自身も妹共々この会社の役員という立場におり、そのお陰で多額の役員報酬を毎月懐に納めている。

会社の方は医療介護の分野が好調で、不景気の昨今においてもそれなりに金回りがよかった。

この日も富子は朝から〝特別役員会〟という名前の親族同士のお茶会に出席する為に家を出た。

足腰のために徒歩と公共交通機関での移動を心がけていると吹聴《ふいちょう》する彼女であったが、単にタクシーなどを使うほどに経済的な余裕がないだけだった。

それもこれも源造の浪費のせいである。

そんな訳で、富子はいつも通り集落の北の外れにあるバス停を目指す。

バス停の位置は集落から少し離れていた。

田んぼに挟まれた道の途中に路肩へと張り出したスペースがあり、標識や簡素なプレハブの待合い小屋があった。
そこへ富子がもう少しで辿《たど》り着こうという時だった。
棟蛇塚のある方角から、鴉《からす》のような、春先の猫のような泣き声が聞こえてきた。
富子は、またか……と、顔をしかめる。
あの日からずっとそうだ。
田んぼの方から、ときおり、何かの声や気配、視線を感じる事があった。
棟蛇塚の方を見てはいけない。
蛇沼の生まれではない富子は、そんな迷信は信じていなかった。
しかし、あの日を境に富子は棟蛇塚の方を一度も見ていない。
彼女を埋めたあの日の夜からずっと――

◇◇◇

インターフォンの音で、小茂田源造は目を覚ました。
酷《ひど》い夢を見ていた。六年前の夢だ。それは吉島拓海を殴り殺したときの夢だった。
あのキモいオタクが突然やって来て、愛弓を殺したのはお前だろうと詰め寄ってきた。
しかも、騒がれたくなければ、家の中に入れろなどと要求してくる。
どうせ証拠もなしに適当な事を言ってるだけだと、玄関口ではぐらかしていると、とんでもない事を言い始めた。

愛弓と一緒に雑居ビルの地下から出てきた男とは自分の事だと……。

それでキレた小茂田は彼を殴りつけた。すると、吉島は仰向《あおむ》けに転倒し、あっさりと動かなくなってしまった。

因みに愛弓を殺したときのような嫌悪感はまるでなかった。面倒臭い。単にそう思っただけだった。

後は母の指示に従って、キモオタが不法侵入して先に襲い掛かってきたという事にした。

「……あいつ、いったい何だったんだろうな」

過去を振り返っていると、またインターフォンが鳴った。

充電器に挿したままだったスマホの時計を見ると、まだ昼前だった。

「ババア……出かけてんのか？」

小茂田は舌打ちをして玄関へと向かう。そして、インターフォンのモニターを確認した。

「何だ？　こいつら……」

映し出されたのは二人の少女だった。見た事のない顔だ。

スタイルの良い黒髪と小柄な丸顔。どちらもかなりの美少女だ。見た事のない制服を着て、スクールバッグを肩にかけている。

特に何の警戒も抱かず、小茂田はマイクスピーカーのスイッチを入れた。

「何の用だ？」

黒髪の方がカメラ目線で答える。

『愛弓さんについて、話があるのだけれど』

小茂田は眉《まゆ》をひそめる。愛弓の知り合いにしては歳が離れている。

「愛弓の？　もう愛弓はいねーぞ？」

すると黒髪の少女が肩にかけたスクールバッグの中から、ジップロックを取り出した。それをカメラの前に掲げる。

「何だ……そりゃあ……」

しばらく見つめていると、モニターの不鮮明な画像が次第にはっきりと意味を持ち始める。

ジップロックに入っていた物。それは、壊れたスマホだった。

「お前……それ、どこで」

一瞬で記憶が蘇《よみがえ》る。愛弓と共に棟蛇塚に埋めたはずの彼女のスマホだ。

黒髪の少女が口元を歪《ゆが》める。

『ここで大声で立ち話をしても、こっちは構わないけれど』

小茂田は少し思案した後に、か弱い女子高生二人程度なら、どうとでもなると踏んで返事を口にした。

「いいぜ……今から開ける。待ってろ」

そう言ってマイクスピーカーを切ると、棟門の開閉スイッチを押した。

女子高生たちが、どこで愛弓の事を嗅《か》ぎつけたのか当然ながら小茂田には知るよしもない。

何にせよ、どこまで知っているのか、そして相手の出方を見極める必要があると考えた。

ここまでの彼は比較的ではあるが冷静だった。

しかし小茂田は、この二人の少女が自分にとって最悪の疫病神である事を、すぐに思い知る事となる。

【16】神経戦

テディベアにレースのカーテン、花柄の壁紙、一本脚のサイドテーブル。

右手の庭に面した窓からは、重々しい灰色の空が窺《うかが》えた。朝に見た天気予報によれば、もうすぐ嵐がくるらしい。

小茂田は、その部屋の中央にある応接セットで、突然やってきた二人の女子高生と向かい合っていた。

小柄な丸顔の方はきょろきょろと落ち着きなく部屋を見渡している。その仕草は子供じみていて緊張感の欠片《かけら》もなかった。

中坊か、とも思ったが、隣に座る黒髪の方と同じ制服を着ている。こちらはスタイルがよくて、まるでモデルのように背が高い。二人が同年代にはとても思えなかった。そして、黒髪の方にも臆《おく》している様子は見られない。

舐《な》められている。そう直感的に感じた。

大声で怒鳴りつけたいのを我慢して、つとめて平静な態度を装い、どうにか言葉を紡ぐ。

「……で、オメーらの目的は何なんだ？　何のために、ここに来た？」

彼も一連の出来事を通して何も学んでいないほど馬鹿ではなかった。

激昂《げきこう》したところで何も得はない。

そもそも、証拠はないのだ。

たとえ、この二人が棟蛇塚に埋められた愛弓に気がついたのだとしても、彼女を殺した犯人が小茂田源造であるという証明にはならない。

小茂田は余裕の笑みを浮かべながら煙草を咥《くわ》えて火をつける。

すると、黒髪の少女が口を開いた。

「ちょっとだけ、私の話を聞いて欲しいの。ただ、それだけよ」

「ほう……何だ？」

足を組み変え、顎《あご》をしゃくって促した。すると、黒髪の少女が話を始める。

「まず、事の発端は今から七年前。理由は知らないけれど、貴方《あなた》は妻である愛弓さんを殺して地中に埋めた」

その確信に満ちた言葉があまりにあっさりと放たれた事に、小茂田は内心で面食らう。

「ちげえよ。何を言ってんだ。愛弓は男と逃げたんだよ」

「それは、貴方が用意した嘘でしょ。大方、愛弓さんのスマホで、登録されているアドレスすべてに〝駆け落ちするから捜さないで〟とか何とか……愛弓さんを装ったメールを一斉送信したとか、そんなところじゃないかしら？」

まるで見ていたかのように語る黒髪の少女の言葉に小茂田は内心で苛立《いらだ》つ。

しかし、自分を抑えつけながら、ゆっくりと煙を吐き出した。

「フカシてんじゃねえよ。さっきから訳の解らねー、言い掛かりを……」

「言い掛かりではないわ。人殺しの源造さん」

「証拠はあんのか？」

小茂田は鼻で笑う。

すると、まったく話を聞いていない風だった小柄な少女がけらけらと笑った。

「証拠はあんのか？」

と、下手くそな源造の物真似をした後で、言葉を続ける。

「それ、犯人しか言わないやつじゃん」

ブチギレそうになったが、フィルターだけになった煙草を大理石の灰皿の上でもみ消して、二本目に火をつける。

「なあ、お前ら。人ん家《ち》までわざわざやってきて、妙な難癖つけてよ……餓鬼の遊びに付き合ってる暇はねーんだよ」

煙をたっぷりと吸い込んで再び気を落ち着けた。

すると、黒髪の少女があっさりと言う。

「じゃあ、決定的な証拠があったとしたら？」

「なん……だと……」

小茂田は母親に言われた通り、すべての隠蔽《いんぺい》工作をそつなくこなした……はずだった。

しかし、目の前の少女たちの自信に溢《あふ》れた態度。

「カマかけようったって、知らねえからな……」

この二人が今の会話を録音しているであろう事は、流石に想像がついた。

犯人しか知りえない下手な事を口にしないように小茂田はニコチンの染み込んだ脳味《のうみ》噌《そ》をフル回転させる。

「俺は何も喋《しゃべ》らねえ……」

「ええ。構わないわ。最初に言った通り、貴方には話を聞いて欲しいだけだから」

「ああ、そうだったな？　だがよ、一つだけいいか？」

小茂田は余裕のある振りをして、左手の人差し指を一本立てる。

「お前らが仮にその証拠を握っていたとしたら、わざわざ俺のところにくる必要なんてねーよなぁ」

そう言って、醜悪な笑みを浮かべる。

「警察でも行けばいいし、ネットにあげてもいいよなぁ？　それをしないでわざわざ、ここに来たって事は、証拠なんかねえってこったろ？」

「いいえ。あるわ」

あっさりと言い放つ。

その黒髪の少女の表情は余裕に満ち溢れていた。

嘘だ。はったりだ。ブラフだ。

小茂田は自分にそう言い聞かせながら声を張りあげる。

「嘘吐けッ！　俺を舐めてんじゃあねえぞ⁉」

「では、逆に貴方に質問したいのだけれど、六年前も不思議に感じなかったのかしら？」

「六年前？　何がだよ‼」

「吉島拓海さんが、ここに訪ねてきたでしょう？」

「ああ……」

吉島の事を思い出した小茂田は小馬鹿にした様子で笑う。

「あのクソオタク……何しに来たんだろうな……くっくっく」

小茂田はあの一件を、吉島がひとりでブチギレて勝手に自滅した程度に考えていた。

「あのクソがどうした？」

　すると、そこで小柄な少女が足元のスクールバッグの中から何かを取り出して、それをテーブルの上に置いた。それはピンク色のテディベアであった。

「何だ？　こりゃあ……」

　その小茂田の疑問に答えたのは、黒髪の少女の方だった。

「これは、元々この部屋にあった物よ」

「この……部屋に……？」

　では、それがなぜ、少女のバッグの中から出てきたのだろうか。

　戸惑いながら室内を見渡す小茂田。

　彼女の母親が作った沢山のテディベアが虚《うつ》ろな眼差《まなざ》しで、自分を見つめているような気がした。

　その中に、テーブルの上に置かれたテディベアと同じ色の物があった。右手の飾り棚の上だ。

「吉島さんはね。愛弓さんを最低のDV野郎の貴方から救う為に一計をめぐらせたの」

「……何だと？」

　話が見えずに小茂田は眉《まゆ》をひそめ、再び黒髪の少女に視線を戻した。

「恐らく吉島さんは外からこの家を覗《のぞ》き込んだ時に、これと同じテディベアが飾られている事に気がついた。吉島さんはそれを利用する事にした」

「利用だと……？」

「そのテディベアと同じキットを購入して制作し、その中にトレイルカメラを仕込んだ」

「トレイル……カメラ？」

「野外監視用のビデオカメラよ。生物学者やハンター、カメラマンなんかが使うような定点カメラね。バッテリーは、物によるけど数百日は持つわ。そのトレイルカメラを仕掛けたテディベアと、このテディベアをすり替えた」

「馬鹿な……そんな事、できる訳が……あのクソオタがいつの間にそんな芸当を……」

黒髪の少女は首を横に振る。

「すり替えたのは、吉島さんじゃないわ」

「だっ、誰が……？」

小茂田は青ざめた表情で問い返す。

「愛弓さんよ」

そう答えて、黒髪の少女は悪魔のように笑う。

【17】 鬼退治

「愛弓が……？」

小茂田は彼女が自分を裏切る可能性をまったく考えていなかった。

「提案したのは吉島さんよ。カメラ入りのテディベアを用意したのも吉島さん。それで、貴方《あなた》が暴力を振るう決定的な瞬間を撮影しようとした」

「あの……クソオタクが愛弓を……そそのかしたのか……」

小茂田の顔が怒りに歪《ゆが》む。

「ただ、残念だったのは、愛弓さんが失踪《しっそう》した二〇一二年くらいだと、スマホなどで遠隔操作が可能で、手頃な値段と、それなりの性能を兼ね備えたカメラが少なかった事ね。だから、吉島さんは、家の外からでは録画した映像を確認する事ができなかった」

茅野の話を耳にしながら、どうにか冷静に思考をめぐらせようとする小茂田。

愛弓を殺したのはキッチンだし、吉島に襲いかかったのも玄関の前だ。この居間でやましい事は何もしていない。

しかし、本当にそうなのか。

小茂田は必死に己の記憶を検索する。

その間も茅野は淡々と語り続ける。

「もう間抜けな貴方にも理解できたと思うけれど、吉島さんがわざわざ、この家にやってきたのは、テディベアの中のカメラをどうにか回収するつもりだったからよ」

そこで小茂田はようやく思い出す。

それは、愛弓を殺した直後だった。

『暗くなったら、キッチンに転がってる、あの女を埋めに行くよ』

『ちょっ……何で、そんな事を……叔父《おじ》さんに頼んで、なかった事にしてもらってくれって……』

『……無理に決まっているだろう。あんた人を殺したんだよ？』

『……あれは、愛弓が勝手に死んだだけだ。俺は悪くねぇよ』

『そんなくだらない屁理屈《へりくつ》が通るもんかい。世の中、甘くみるんじゃあないよ！』

『俺は愛弓をぶん殴っただけだ。愛弓が勝手に死んだだけだ。俺は悪くねえ！』

『……いいかい？　七年我慢すれば失踪宣告がおりる。そうすれば、あの女の保険金が入ってくる。かなりのまとまった金になるよ。受け取るのはお前さ』

『保険金……愛弓の……』

『それまでは、家に置いてやるから、大人しくしてるんだよ？』

「あ……あ……」

小茂田の顔色が一瞬にして青ざめる。

茅野は口角を吊《つ》りあげて言い放った。

「だから、もしも、貴方が無実であるというのなら、テディベアの中にあるカメラの映像を確認させて欲しいのだけれど」

その瞬間だった。

小茂田が勢い良く立ちあがる。

「梨沙さんっ！」

その鋭い声と同時に茅野は灰皿を摑《つか》み、小茂田の顔面に灰をぶちまけた。

それより早く桜井は飾り棚に向かって駆けていた。

「……くっそ……ごほっ」

咳《せ》き込み、手で顔を拭《ぬぐ》い、少し遅れて桜井の背中を追う小茂田。

「くそがぁ！」

雄叫《おたけ》びをあげて桜井の背中に手を伸ばす。桜井の左肩を摑んで引き寄せる。桜井は反時計回りに振り向きながら右腕を伸ばし、人差し指と中指で源造の両目を躊躇《ちゅうちょ》なく狙った。

すべての格闘競技で反則技となる〝目潰し《サミング》〟であった。

「くそっ！」

源造は間一髪のところで強引に左方向へと桜井の小さな身体を突き飛ばす。

観葉植物の鉢植が置かれていたサイドテーブルと衝突し、そのまま派手に転倒する桜井。小茂田は飾り棚に置かれたピンクのテディベアの頭を鷲摑《わしづか》みにして彼女の方へと向き直った。

桜井は立ちあがろうとしたが、すぐに腰を落としてしまう。右膝《みぎひざ》に手を当てて苦悶《くもん》の表情を浮かべた。

「痛っ……」

「あ？　どうした？」

小茂田が嗜虐《しぎやく》的な笑みを浮かべながら近づく。

しかし、桜井は右膝に手を当てたまま立ちあがろうとしない。

どうやら転倒した際の打ち所が悪かったらしい。彼女が二年前、交通事故で負った右膝の怪我は未《いま》だに癒《い》えていない。

「なあ、俺の事、あんまし舐《な》めてんじゃねーぞ⁉　オイ！」

小茂田は桜井の前に立ち、彼女の顔面目掛けて右足を大きく振りあげた。

その瞬間だった。

「待ちなさい！」

背後から鋭い声が聞こえた。小茂田は反射的に振り向く。

すると、飛来する灰皿が視界を覆った。小茂田は咄嗟《とつさ》に頭を屈《かが》める。

灰皿は彼の頭上すれすれを通り過ぎ、壁際の飾り棚にあった花瓶に着弾する。けたたましい破壊音が鳴り響き、破片が四散する。

茅野だった。

小茂田は殺意の籠《こも》った眼差《まなざ》しを彼女に向けながら怒声をあげた。

「邪魔するんじゃあねえよ！　オイ！」

すると、茅野が鼻を鳴らす。

「冷静ぶってたみたいだけれど、やっと本性を現したみたいね」

「あ!?」

心の中を見透かされたような気がして、理性が吹き飛びそうになる。鬼の形相で小茂田は茅野を睨《にら》みつける。

するると、茅野は笑いながら肩を竦《すく》めた。

「今の貴方の顔、すごく間抜けで笑えるわ。顔が真っ赤で、さっきの冷静ぶった態度と比べると、本当に馬鹿みたい」

この女には恐怖心がないのか。

茅野の態度は、暴力と怒声で多くの人間を従わせてきた彼にとって、屈辱以外の何ものでもなかった。

「てめえ……ふざ……ふざ、ふざけるなっ！」

口から泡を飛ばす小茂田。指先がテディベアの頭部に深く食い込む。そして、怒鳴り散らす。

「俺は人殺しなんだぞ!?　もっと怖がれよ！」

その直後だった。

「時間は稼いだわ」

「……は、どういう意味だ？」

「貴方の負けよ」

突然、小茂田は背中に重みを感じて、前方につんのめる。

「ふーっ、ふーっ……」という、息遣いがすぐ耳元で聞こえた。それは、まるで鼠をくわえた猫の唸《うな》り声のようだ。

桜井梨沙であった。

小茂田の背中に飛びついた彼女の腕が、しっかりとその首筋に食い込む。

〝裸絞《はだかじめ》〟である。

テディベアが床に落ちて転がる。小茂田は必死に背中の桜井を引き剝《は》がそうとするが……。

「お、え……テメ……エ……」

完璧《かんぺき》に入った裸絞は頸動脈《けいどうみゃく》の血流を阻害し、脳に低酸素状態をもたらす。結果、この技をかけられた者は、ほんの数秒で気絶してしまう。

小茂田は膝をつき、目を閉じて前のめりに倒れ込んだ。

桜井が倒れた小茂田の背中から転がるように退いた。右拳《こぶし》を大きく振りあげる。

「梨沙さん、大丈夫?」

茅野が心配そうに駆け寄る。

すると桜井は勝利の微笑みを浮かべて言う。

「凄《すご》く痛かったけど……」

「けど?」

「次女だから我慢できた。長女だったら死んでいた」

「冗談を言えるようなら大丈夫そうね」

茅野は、ほっと胸を撫《な》でおろす。そして持参した結束バンドで、後ろ手にした小茂田を拘束した。

「さてと。取り敢《あ》えず、トレイルカメラのデータをコピーしてから警察を呼びましょう」

「うん」

と、返事をして、桜井は「よっこいしょ」と言いながら、よろよろ立ちあがった。右足を引きずりながら移動して、自らの鞄《かばん》から通話中のままのスマホを取り出す。

そして、受話口の向こうで一部始終を聞いていた西木に向かって宣言する。

「終わったよー」

それはたった今人殺しと対決したばかりとは思えない呑気《のんき》な声音であった。

【18】 たたり

小茂田富子の携帯に近所の知人から『あんたの家の前にパトカーが停まっている』と電話があったのは昼過ぎであった。

もう少しで、愛弓の保険金がおりるというのに。また源造が何かをやらかしたのかと、うんざりさせられる。

その金を持たせて、穀潰《ごくつぶ》しの息子をやっと追い出せるというのに。息子を追い出したら、脂《やに》まみれの家具を一新し、ずっと放置していた庭も一から造り直そうと思っていたのに……。

状況を把握しようと、息子のスマホや自宅の固定電話にかけてみたが、何故か通話はいっさい繋《つな》がらない。

仕方がないので、富子は家に帰る事にした。適当な理由をつけて特別役員会の席を立つ。独りバスに乗って蛇沼を目指した。

やがて蛇沼新田のバス停に到着すると富子はいそいそと降車する。集落の方へと向かった。

道の両脇では青々とした稲が生温《なまぬる》い風に揺られており、頭上では不吉な色合いの黒雲が渦を巻いていた。

そして、去り行くバスが遠ざかり、走行音が聞こえなくなった頃だった。

不意に耳をついたその声。

「助けて、母さん」

息子の声だった。

富子は足を止めて反射的にその声が聞こえた方を向いた。直後に彼女は気がつく。

その方角には棟蛇塚がある事を。

騙《だま》されたと気がついたときには、もう遅かった。手前の田んぼに立つ人影が視界に映った。

富子はその老いた顔を目一杯の恐怖に歪《ゆが》ませる。

「お……お前……」

あの女だ。

棟蛇塚に埋めたはずのあの女。

殴られて腫《は》らした目蓋《まぶた》の奥から富子を睨みつけている。

「お……お前……何で」

彼女はその言葉に答えずに、皿のように合わせた両掌《てのひら》をそっと伸ばしてきた。

そこには血にまみれた肉塊が蠢《うご》めいている。

まるで蝶《ちょう》の蛹《さなぎ》のような……生まれたばかりの雛鳥《ひなどり》のような……。

うっすらと白みがかった未成熟な眼球がギョロギョロと動く。やがて悲鳴のような泣き声をあげ始めた。

「あああ……やめてぇ……」

富子は逃げる事もできず、その場に腰を落としてへたりこむ。

鴉《からす》のような、春先の猫のような泣き声をあげ続ける肉塊。

それは、愛弓が流産したはずの胎児だった。

源造の逮捕劇により集落が蜂の巣をつついたような大騒ぎになっている頃。

そうとは知らない安蘭寺の和尚の清恵は、スクーターに乗って市役所での用事を済ませて集落へと戻るところだった。

すると、前方に見えるバス停を通り過ぎた辺りの道の端で、誰かが座り込んでいるのが見えた。

距離が近くなると、その人物が小茂田富子であると気がつく。

怪我か急病だろうか。

清恵は富子の脇でスクーターを停めると、彼女へと呼びかけた。

「富子さん、どうしたね？　どっか悪いんだかね？」

反応はない。腰を落としたまま田んぼの方をじっと眺めている。

スクーターから降りて、清恵は彼女の顔を覗《のぞ》き込んだ。

富子は口を半開きにしたまま、瞬《まばた》きを緩慢に繰り返している。すぐ近くにいる清恵をまったく見ていない。その瞳《ひとみ》はラムネ瓶の底に沈んだビー玉のように、生気に欠けていた。清恵は富子の肩を揺さぶる。

「おい。富子さん！　富子さん！　しっかりしなせ……」

すると、ようやく目の前の清恵に気がついたかのように富子は、彼へと視線の焦点を合わせた。

「あ……か……」

震える唇をゆっくりと動かす。

「何だ？　どうした、富子さん」

「か……か……しょぉぉに……」

「カカショニがどうした？」

その清恵の問いかけに答えるかのように、

「ああ……ああ……あー！　あー！　うー！」

富子は鼻水と涙を垂れ流しながら、悲鳴とも呻《うめ》き声ともつかない声をあげて、頭部を前後に揺らし始めた。

「おい、しっかり！」

清恵の呼びかけが、富子の喚《わめ》き声と共に空しく響き渡る。

……後に蛇沼集落の人々は、富子がおかしくなった原因はカカショニの祟《たた》りであると、まことしやかに噂しあった。

こうして伝承の中のカカショニという怪異は、その存在をより強固な物にしてゆくのだった。

【19】 後日譚

夏休み前の最後の土曜日。

嵐は過ぎ去ったが、連日はっきりとしない天気が続いていた。この日も昼頃から小雨が降りしきり、夕方近くにようやく止んだ。

そんな中、藤見市のひなびた繁華街の一角での事。

「よーし、食べるぞーー！」

と、桜井が勢い良く暖簾《のれん》を撥《は》ね除《の》けて引き戸を開けた。敷居を跨《また》いで店内に足を踏み入れる。彼女の後には茅野姉弟《きょうだい》と西木千里が続いた。

すると、奥にあるサーバーの陰からショートカットの活発そうな女子がひょっこりと顔を覗かせる。

「いらっしゃーい……って、先輩たちじゃないっすか」

名前を速見《はやみ》立夏《りっか》という。

桜井とは幼馴染《おさななじ》みで一つ年下の彼女は、現在藤女子に通う高校一年生だ。一応はオカルト研究会に在籍しているが完全な幽霊部員であり、彼女自身は部に在籍している事すら知らなかったりする。

そんな彼女に桜井が指を四本立てて尋ねた。

「四人だけど、いける？」

「そこらに、てきとーに座ってください」

その速見の雑な接客を受けて、桜井は勝手知ったる様子で座敷にあがる。他の三人も彼女に続いた。

この店は彼女の生家で『焼肉はやみ』という。

焼き肉から魚介、更にはお好み焼きからもんじゃまで、焼き物ならば何でも食べられる。地元民から愛され、ネットでの評価もまずまずな老舗《しにせ》であった。

この日は、どうしても棟蛇塚の件のお礼がしたいという西木の好意と、どうしても焼き肉が食べたいという桜井の欲望が合致して、焼き肉パーティーをする事となった。そこに姉の意向で茅野薫も招待されたという訳だった。

因《ちな》みに会計はすべて西木の奢《おご》りとなる。何でも、まだコンクールの賞金が残っているのだとか。

「この店は、梨沙さんが大会の打ちあげなんかで良く連れてきてもらっていたそうよ」

姉の説明に薫は「へー」と、桜井の慣れた様子に納得する。

因みに今日の彼は緊張しており、口数がやたらと少ない。その理由は言わずもがなであろう。肉の味がわかるのかも微妙なところである。

そうこうするうちに、速見がお冷やを持って来て、座卓中央の鉄板のコンロに火を入れた。

そして薫の顔をまじまじと見つめる。

「もしかして、循先輩の弟さん？」

「そうよ。私の自慢の弟は如何《いかが》かしら？」

得意げな顔の茅野。

「イケメンですねー。びっくりしました」と速見。

そして照れる薫に向かって冗談めかした調子で言った。

「どうかな？　お姉さんとつき合わない？　私、可愛い年下が好みで」

「あ、いや。その……あの……」

しどろもどろになる薫。そんな彼に迫る速見に待ったをかけたのは実姉であった。

「駄目よ。私の弟を手に入れたくば、梨沙さんを倒す事ね」

「我を倒すが良い」

桜井はノリノリで胸を張る。

「そんなの絶対に無理に決まってるじゃないですかー。メスゴリラでも無理っす」

速見が呆《あき》れ顔で肩を竦《すく》める。

すると、そのやり取りを見守っていた西木が声をあげる。

「さあ、それより、遠慮なく注文してよ。今日はがんがん食べちゃって！」

「あら、そんな事を言うと、本当に梨沙さんの歯止めが利かなくなるわよ？」

その茅野の言葉に桜井が両手をクロスさせながら声をあげる。

「トウキョウX、トウキョウX……」

「因みに梨沙さんの言う〝トウキョウX〟というのは、豚の品種の事だから。冗談みたいな名前だけれど、バークシャー種、デュロック種、北京黒豚の三元交配から生み出された、けっこうな品質の高級お肉よ」

「名前が格好いいから、好きなんだー」

「味じゃないんですね……」

と、実弟の遠慮がちな突っ込みのあと、茅野が悪魔のように笑いながら言った。

「私は爛《ただ》れた臓物をむさぼり喰《く》らいたい気分よ」

「循先輩、言い方……」

「あら、失礼」

「内臓系なら、今日はアカセンマイとコブクロありますけれど？」

「じゃあ、まずは心臓と子宮をお願いしたいわ」

「ハツとコブクロですね？　了解っす。あとドクペ？」

これは肉の部位ではなくドクターペッパーの事だった。

「ええ、お願い」

そして西木が控え目に「カルビを取り敢《あ》えず……あと烏龍茶《ウーロンちゃ》」というと、桜井が勢いよく手をあげる。

「私はオレンジジュース！　カオルくんは？」

「はいはい。それからライス四つと野菜盛り合わせですね？　おっと、梨沙先輩はライス大盛りっと。以上で？」

　これには三人の声が「はーい」と揃う。

「……それでは、しばらくお待ちくださいっす」

　速見立夏が立ち去り、西木は改めて二人に礼を述べた。

「本当に二人共ありがとうね。これで、やっと師匠も浮かばれるよ」

　その言葉に茅野と桜井は顔を見合わせる。

「まあ、こっちも楽しませてもらったわ。今回はかなりスリリングだったわね」

「うん。悪人だったから、あたしも躊躇《ちゅうちょ》なく技を振るえたよ」

　などと、屈託なく笑う桜井。

　そこで茅野は溜《た》め息をひとつ吐いて、

「もっとも、祭りの後片付けは少々億劫《おっくう》だったけれど」

「本当だよねー。何で警察ってあんなに何回も同じ事を訊《き》きたがるのかな？」

　と、桜井が同意した。

「あれは、証言者の言っている事に一貫性があるかどうかの確認をしているだけらしいわ」

「なんだー。メモ取り忘れたのかと思ったよ」

「流石にそれはないから安心なさい」

などと、話していると速見がやってきて、次々と皿やグラスをテーブルに並べて去ってゆく。

そして、四人はそれぞれの飲み物を手に、西木の音頭によってグラスを合わせた。直後に桜井が肉を凄《すさ》まじい勢いで焼き始める。

「ところで、茅野っち……」

「何かしら？」

「もしも、あのテディベアの中のカメラに、何も証拠となる映像が映っていなかったら、どうするつもりだったの？」

その可能性も充分にあり得たはずだ。

西木の問いに、茅野は大ジョッキにつがれたドクターペッパーを一口飲んでから答える。

「……そのときは、挑発したり、カマをかけたりして、犯人しか知り得ないような情報を彼の口から引き出すつもりだったわ。あの人、思っていたよりは冷静だったけれど、初めからそっちの方が簡単に終わったかもしれないわね」

そう言って、肩を揺らしながら邪《よこしま》な笑みを浮かべる。

それを見ながら西木は思った。

多分この茅野循と桜井梨沙は、基本的に正義ではないのだろう。

今回の件も彼女たちにとっては、単なる遊興でしかなかったのだ。

面白いかどうか。

そして、己の流儀に沿うか否か。

それがすべて。

しかし、それでも、これほど心強い味方は他にはいなかった。

「本当にありがとうね……」

しみじみと、何度目になるか解らない礼の言葉を口にする。

すると、茅野循はいつものように悪魔の笑みを浮かべる。

「どういたしまして……」

そう言って、心臓の欠片《かけら》を口の中に入れて嚙《か》み締めた。

すると、そこで薫が唇を尖《とが》らせる。

「でも、もう警察沙汰《ざた》とかは、本当にやめてよ？　心配したんだから」

「ごめんなさい」

「心配かけて悪かったわ」

桜井と茅野は神妙な顔つきで年下の彼に謝罪した。

それを見た西木は盛大に噴き出した。

こうして宴は夜遅くまで続いた。

◇◇◇

その翌日。

日曜日の昼頃だった。

西木千里は自宅からカメラを持って田んぼの方へと向かった。

この日は過ぎ去った嵐が引き連れて来た悪天候の名残か、空は重々しい灰色の雲に覆われていた。

西木はかつて吉島がそうしていたように、道の端っこに佇《たたず》み、田んぼへとレンズを向けてファインダーを覗《のぞ》き込む。

何の変哲もない世界。

それでも、あの人が愛した風景。

ライカのレンズ越しに眺めているだけで心が落ち着いた。

西木はそのまま一連の出来事の顛末《てんまつ》を振り返る。

蛇沼新田の棟蛇塚から白骨遺体が発見されたというニュースは連日メディアを騒がせていた。

源造は当初、徹底的に犯行を否認していた。

しかし、例のトレイルカメラに納められていた映像という証拠の前では無駄な抵抗であった。

なお、この映像は彼が逮捕されたその日、何者かによって動画サイトにアップされた。あの吉島の遺言と共に。もちろん、茅野循の仕業である。

もう、こうなってはさしもの警察にコネのある親族も手の打ちようがないようであった。源造は徐々に犯行を仄《ほの》めかす供述をし始めているらしい。今度こそ、彼には公正な法の裁きが下されるであろう。

因《ちな》みに母親の富子は依然として正気を取り戻していない。清恵から聞いた話によれば、彼女は現在、来津市の総合病院で治療を受けているが回復の見通しは立っていないのだという。

ともあれ、一連の報道のお陰で西木千里は初めて吉島拓海の想い人であった小茂田愛弓の顔を知る事となった。

そのニュースで使われた写真を見るに、小茂田愛弓は清楚《せいそ》で大人びていて、今の西木とはまったく似ていなかった。

「元キャバ嬢だって聞いてたから、もっと派手な人だと思ってたけど、全然違うじゃん」

西木が苦笑混じりに、そう独り言《ご》ちた瞬間だった。

その少しだけ長く伸び始めた稲の波間に佇む人影をカメラのレンズがとらえる。

もっさりとしたシルエット。

肩からかけた愛用のライカ。

優しげな、人のよさそうな顔立ち。

幻などではなかった。

吉島拓海だった。

西木はカメラから目を離して、田んぼで佇む吉島を見た。

彼は安らかな表情で、ゆっくりと西木に向かって右手を振っている。

「師匠……」

西木千里は十一歳で母に連れられ、この蛇沼という見知らぬ異邦へとやってきた。

その不安しかなかった時期に心の支えとなってくれた人……。

カメラという生き甲斐《がい》と目標を与えてくれた人……。

彼は確かに最愛の人を救う事はできなかったのかもしれない。

でも……と、西木は思う。

少なくとも吉島拓海という男は六年前のあのとき、孤独だった一人の少女の人生に大きな影響を与えた。

そして、それは今も彼女の魂に、確かに残り続けている。

西木は目を細めて静かに微笑み、もう一度ファインダーを覗く。

「おにーさんの、ばーか！」

あの頃のように彼を呼んで、シャッターを切った。

その刹那《せつな》、吉島の姿は、もうどこにも見あたらなかった。

西木はカメラをおろして、少しだけ残念そうにそっと呟《つぶや》く。

「愛弓さんと天国で幸せに。……ばいばい」

その別れの言葉は風に吹かれて舞いあがり、灰色の夏空へと溶けて消えた。

すると、曇天に晴れ間が覗き、広大な田園地帯に天国への階段のような光が射したのだった。

■report　棟蛇塚

広大な田園地帯にぽっかりと浮かぶ桜の木に囲まれたこの塚には、次のような言い伝えがある。

それは今から遥《はる》か昔の江戸時代。藩により蛇沼一帯で新田開発の計画が持ちあがった時の事だ。当時の蛇沼一帯には大きな湿地が広がっており、恐ろしい大蛇が棲《す》んでいたのだという。

大蛇は毒を吐き、お陰で沼地に近寄る事すらできない。そこで藩の命を受けた木島禎《きじまただ》興《おき》という名前の強者《つわもの》が大蛇退治に乗り出した。

禎興は三日三晩の死闘の末に大蛇の頭を切り落とし、それを埋めたのが棟蛇塚なのだといわれている。

この塚は集落から鬼門に位置しており、そちらから〝カカショニ〟と呼ばれる怪異が訪れるのだとされている。カカショニは都市伝説にある〝くねくね〟と同種の怪異で、見続けた者の正気を奪うとされているが、その正体は前述の大蛇の祟《たた》りであるとする説や、死者の霊魂であるとする説など様々で、はっきりとした事は解っていない。

危険度ランク【D】

エピローグ

棟蛇塚の事件も一段落し、一学期も終わろうという、その日の放課後だった。

茅野と桜井は職員室で、オカルト研究会の顧問である戸田純平と向き合っていた。

一学期の活動実績であるオカルト研究会報第一号を提出する為だ。

茅野がパソコンで編集した誌面をコンビニのコピー機で印刷し、それをホッチキスで止めただけの代物であったが、レイアウトやデザインが凝っており中々見映えは良い。

中身は各心霊スポットのレポートと、何点かの写真、そして、九割ねつ造の実話風怪談で構成されていた。

椅子に座ったまま興味深げにページをめくっていた戸田は、どこかほっとしたような顔で言った。

「ちゃんと、制作していたんだな。この前の警察沙汰《ざた》は肝を冷やしたが……」

「ええ。その節はご心配とご迷惑をお掛けしました」

と、茅野は殊勝な態度で言った。すると桜井が即座に話題を逸《そ》らしに掛かる。

「それは措《お》いておくとして、会報の方はどうなの？」

「あ、うん。良いんじゃないか？」

と、戸田が満足げに言う。

その言葉に顔を見合わせて、素直に喜び合う二人。

「二学期も、この調子で頼むぞ？」

「はーい」

「解ったわ」

と、それぞれ返事をする。

「……あと、先生にも何か手伝える事があったら遠慮なく言えよ？　何かないか？」

茅野は桜井と顔を見合わせ「特に今のところは大丈夫です」と言った。

しかし、戸田は食いさがる。

「いや、ほら。先生、物理教師じゃん？」

「ええ。そうですね」

「オカルト現象を科学的な視点で解釈するとか得意分野だし……」

「そういうのは循の担当だから」

桜井がにべもなく言う。すると戸田はちょっと泣きそうな顔になる。

こういう、生徒に取り入ろうと必死なところがキモがられる理由の一端であるのに……と、二人は内心呆《あき》れる。そして、戸田は大袈裟《おおげさ》な溜《た》め息を吐いた。

「あのな。これはお前たちだから言うのだが……」

「はあ……」

茅野が気の抜けた返事をする。

「俺がこの学校に赴任して一年目の事だ」

「もしかして、怖い話なの？」

桜井の問いに戸田は苦笑する。

「……ああ。俺にとっては人生で最高の恐怖だった」

「わくわく……」

桜井が期待の眼差《まなざ》しを彼に向ける。

一方の茅野はどうせくだらない話なんだろうな……と内心で思ったが、取り敢《あ》えず黙って話を聞く事にした。

「兎《と》に角、あれは一年目の文化祭だった。当時四歳の娘がな、文化祭に行きたいと言い出した」

桜井と茅野は驚愕《きょうがく》のあまり大きく目を見開く。

「それでな。あまりにも駄々をこねて仕方がないから、嫁に連れてきてもらったんだが……」

「ちょっ、ちょっ、センセ。待ってよ。いきなり超展開過ぎて頭が追いつかない」

桜井が話の腰を折る。

「何だ？　今のところに何か解りにくい要素でもあったか？　ないだろ別に」

怪訝《けげん》そうな顔をする戸田に茅野は問う。

「いや、その……先生ってご結婚されていたんですか？」

「あ？……ああ。もう今年で九年目になる。嫁は同郷の幼馴染《おさななじ》みでな」

桜井と茅野が同時に叫び声をあげた。

「嘘でしょ、センセ」

「いや、流石にこれはちょっと信じられないわ」

全校生徒からゴキブリのように忌み嫌われる戸田純平が既婚者であった。

これは、この藤女子全土を揺るがす大ニュースである。

「おいおい。何だよ。それこそ幽霊でも見たような顔をしやがって……」

「まさかとは思いますが、その奥さんと娘さんは貴方《あなた》の想像上の存在なのでは……」

「いやあ、本当に怖い話だったね……」

「俺の嫁と娘は妄想じゃねえし、話もまだ終わってねえよ！」

全力で突っ込んでから戸田は咳払《せきばら》いを一つすると話を再開した。

「……兎も角、それでだな。文化祭が終わって、その日の夜に家で娘が泣きそうな顔でこう言うんだ」

桜井は、ごくりと唾《つば》を飲み込む。

「パパって、学校のみんなに嫌われてるの？……ってな」

桜井と茅野は、あまりのいたたまれなさに凍りつく。

戸田は無念の思いを滲《にじ》ませた表情で言葉を続ける。

「子供っていうのは、そういう空気を敏感に感じとるものだからな……」

「まあ、その、気を落とさないでください」

「ファイトだよ！　センセ」

茅野と桜井の励ましの言葉が空を切った。

すると、戸田は泣き笑いのような顔になる。

「……だから、俺は娘のために生徒と仲良くならなければいけないんだよ」

と、血を吐くように言った。

二人は何とも言えない表情で顔を見合わせると『悪い先生じゃないんだけどなぁ……』と思った。

◇◇◇

戸田から、ぞっとする話を聞いた後、桜井と茅野は生徒玄関へと向かった。靴を履き替え外に出る。肩を並べて玄関ポーチの階段を下り、庇《ひさし》の陰から抜け出すと夏らしい陽射しが二人の頭上に降りそそぐ。

その眩《まぶ》しさに顔をしかめた後、茅野が唐突に切り出した。

「さて、今日で一学期も終わった訳だけれど」

「なかなか、エキサイティングな一学期だったね」

と、桜井は素直な感想を述べる。すると茅野は嬉《うれ》しそうに頷《うなず》いた。

「でしょう？　私も楽しかったわ」

そこで桜井は目を細めながら柔らかく微笑み、ほんの何気ない調子で、その言葉を口にした。

「循」

「何かしら？」

「ありがとね」

唐突なお礼の言葉に茅野はきょとんとした顔になる。

桜井は知っていた。

彼女が突然オカルト研究会を作ろうなどと言い出した理由。

それは、怪我で柔道が出来なくなった自分のためであると。あの事故以来、生き甲斐《がい》を失くして日々退屈していると思われていたのだ。

何でもいいから好きな事をやって退屈を紛らわす事のできる居場所を作る。それが当初の茅野の目論見《もくろみ》であったのだろう。彼女は柔道に代わる楽しみを見つけようとしてくれたのだ。

結果的に、その目論見は大成功を収めた。

しかし、彼女は一つだけ大きな勘違いしていた。

桜井は茅野の隣にいて退屈を感じた事など一度たりともなかった。

何気ない会話も、会話の途切れた瞬間も、今のような日常のほんの些細《ささい》な瞬間も……。

彼女と一緒ならば、何だって楽しい。退屈ですら楽しいのだ。

桜井は戸惑う茅野に向かって満面の笑みを浮かべる。

「……それじゃあ、次はどこのスポットに行くの？」

急な話題の転換に彼女は目をぱちくりとさせてから、にやりと口元を歪《ゆが》めた。

「……色々と候補はピックアップしているわ」

「この夏は、楽しくなりそうだね」

桜井は親友の横顔を見あげて微笑む。

そのあと茅野と共に駐輪場の小屋の軒を潜り抜けて自転車のサドルに跨《また》がると、元気良く校門を飛び出した。

二人の心霊スポット探訪は、まだまだ終わらない。

本書は二〇二一年から二〇二二年にカクヨムで実施された第7回カクヨムWeb小説コンテスト〈ホラー部門〉特別賞&ComicWalker漫画賞を受賞した作品を改稿・改題し、文庫化したものです。

この作品はフィクションであり、実在の人物・団体等とは一切関係ありません。

ゆるコワ！

～無《む》敵《てき》のＪＫ《ジェイケー》が心霊《しんれい》スポットに凸《とつ》しまくる～

谷《たに》尾《お》 銀《ぎん》

令和５年 １月25日　初版発行

発行者●山下直久

発行●株式会社KADOKAWA
〒102-8177　東京都千代田区富士見2-13-3
電話　0570-002-301（ナビダイヤル）

角川文庫 23509

印刷所●株式会社暁印刷
製本所●本間製本株式会社

表紙画●和田三造

●お問い合わせ
https://www.kadokawa.co.jp/（「お問い合わせ」へお進みください）
※内容によっては、お答えできない場合があります。
※サポートは日本国内のみとさせていただきます。
※Japanese text only

ISBN 978-4-04-113178-7　C0193

角川文庫発刊に際して

角川源義

第二次世界大戦の敗北は、軍事力の敗北であった以上に、私たちの若い文化力の敗退であった。私たちの文化が戦争に対して如何に無力であり、単なるあだ花に過ぎなかったかを、私たちは身を以て体験し痛感した。西洋近代文化の摂取にとって、明治以後八十年の歳月は決して短かすぎたとは言えない。にもかかわらず、近代文化の伝統を確立し、自由な批判と柔軟な良識に富む文化層として自らを形成することに私たちは失敗して来た。そしてこれは、各層への文化の普及滲透を任務とする出版人の責任でもあった。

一九四五年以来、私たちは再び振出しに戻り、第一歩から踏み出すことを余儀なくされた。これは大きな不幸ではあるが、反面、これまでの混沌・未熟・歪曲の中にあった我が国の文化に秩序と確たる基礎を齎らすためには絶好の機会でもある。角川書店は、このような祖国の文化的危機にあたり、微力をも顧みず再建の礎石たるべき抱負と決意とをもって出発したが、ここに創立以来の念願を果すべく角川文庫を発刊する。これまで刊行されたあらゆる全集叢書文庫類の長所と短所とを検討し、古今東西の不朽の典籍を、良心的編集のもとに、廉価に、そして書架にふさわしい美本として、多くのひとびとに提供しようとする。しかし私たちは徒らに百科全書的な知識のジレッタントを作ることを目的とせず、あくまで祖国の文化に秩序と再建への道を示し、この文庫を角川書店の栄ある事業として、今後永久に継続発展せしめ、学芸と教養との殿堂として大成せんことを期したい。多くの読書子の愛情ある忠言と支持とによって、この希望と抱負とを完遂せしめられんことを願う。

一九四九年五月三日

ISBN 978-4-04-113182-4

櫻子さんの足下には死体が埋まっている

Side Case Summer

太田紫織

「彼ら」が事件に遭遇!?　旭川《この街》でまた会おう!

北海道・札幌。えぞ新聞の記者、八《や》鍬《くわ》士《まもる》は、旭川への異動を前に不可解な殺人事件の調査をすることに。それは14歳の少女が、祖父を毒蛇のマムシを使って殺した事件。毒蛇は凶器になるのか、八鍬は疑い、博識なお嬢様、九《く》条《じょう》櫻《さくら》子《こ》に協力を求める。その他、自分探し中の鴻上《こうがみ》百《ゆ》合《り》子《こ》の成長や、理想の庭を追い求める磯崎《いそざき》と薔子《しょうこ》が、稀代《きたい》の『魔女』を名乗るハーバリストの変死に巻き込まれる一件など、櫻子の仲間たちが経験する「その後の物語」!

角川文庫のキャラクター文芸

ISBN 978-4-04-112560-1